KB112492

방촌
문학

방촌 문학 제2집

초판 1쇄	2017년 1월 31일
지은이	고옥귀, 김완현, 김호동, 박종학, 유윤수, 원연희, 최상만, 최점희
펴낸이	고옥귀
펴낸곳	방촌문학사
편집인	최상만
출판등록	2015. 9. 16(제419-2015-000015호)
주소	강원도 원주시 소초면 교항공산길 21-10
전화번호	033-732-2638
이메일	dhdpsm@hanmail.net
인쇄 및 제작	㈜북랩

ISBN   979-11-956531-7-1 04810   979-11-956531-6-4 04810 (세트)

이 도서의 국립중앙도서관 출판예정도서목록(CIP)은 서지정보유통지원시스템 홈페이지(http://seoji.nl.go.kr)와
국가자료공동목록시스템(http://www.nl.go.kr/kolisnet)에서 이용하실 수 있습니다.
(CIP제어번호 : CIP2017002025)

방촌문학

제2집

문학과현실작가회

방촌문학사

'방촌 문학'에 부쳐

　나목의 계절이 되어서야 '문학과현실작가회'에서 '방촌 문학' 제2집을 발간하게 되었습니다. 무던히도 어려움이 많았지만 우리는 순수라는 이름으로 작품 활동을 했습니다. 우리는 세상의 무수한 반목과 분파에 휩쓸리지 않고, 깨어있는 작가의 길을 고집하였습니다.

　문학 하는 사람은 마음이 깨끗해야 합니다. 몇몇 부끄러운 작가도 있어 문단을 어지럽히고, SNS와 일간지에 오르내립니다. 이런 분은 문단의 이름으로 퇴출해야 합니다. 한두 사람으로 하여 문학하는 일이 부끄러워서는 안 된다고 생각합니다.

　문학 하는 일은 존경받아야 합니다. 그러기 위해서는 글 쓰는 이는 순수해야 합니다. 시인은 배가 고파도 도둑질을 하지 않습니다. 소설가도, 수필가도 영혼은 맑고 순수해야 합니다. 그것이 작가입니다.

　폴리페서의 끝은 아름답지가 않습니다. 교수는 대학 강단에서 아름답습니다. 작가도 원고지 위에서 아름다워야 합니다. 우리는 그 길을 걷고자 합니다.

　우리나라가 세계에서 시인이 가장 많은 나라라고 합니다. 그만큼 우리의 정신은 맑고 깨끗해야 합니다. 그렇지 않다면 우리 문단은 반성해야 합니다. 아무나 시를 쓰고, 아무나 작가가 된다면 작가 나부랭이라는 말을 들을 수밖에 없습니다.

시가 이제는 대중 속으로 나와야 한다고 생각합니다. 독자가 없는 문학작품은 문학이라 할 수 없습니다. 어려운 문학은 대학 도서관에 두고, 쉬우면서도 울림을 주는 작품을 써야 합니다.

종이 활자의 시대는 저물고 있습니다. 문학이 인터넷 통신시대의 변두리에서 서성이고 있습니다. 격변하는 시대에 문학이 무엇을 할 수 있을지 고민해야 할 것입니다. SNS나 인터넷 시대에 걸맞게 문학도 인터넷 통신으로 들어가야 할 것입니다. 책을 만들면 전자도서에 쉽게 접근할 수 있도록 해야 합니다. 지금이야말로 우리 작가들이, 문학이 대중 속으로 들어가기 위해 함께 고민해야 할 때입니다.

문학은 시대를 앞서며, 시대정신을 이끌어 가야 합니다. 시대보다 뒤처진 문학의 설 자리는 존재하지 않습니다. 이제 문학이 제자리를 찾아야 합니다. 문학이 제자리를 찾아가기 위해서는 작가들의 의식이 바뀌어야 합니다. 문학은 이익을 전제로 하지 않으며, 문학은 욕망이 없어야 합니다. 문학은 가랑잎처럼 행인의 발밑에 흩날려야 합니다. 앵두처럼 사람들 잎 속에서 터지고, 웅얼거리며, 되새김질 돼야 합니다.

　이번 '방촌 문학' 제2집에서는 계간지 '문학과 현실' 발행인의 영전에 그를 흠모하던 문인들의 작품을 담았습니다. 그분의 문학에 대한 애정과 열정을 추모하며, 우리의 나태해진 정신을 가다듬으려는 몸짓입니다.

　우리의 목소리는 작고, 보잘 것없었지만 문학 하는 사람들의 뇌리에 자성의 목소리가 울려 퍼지길 바라며 감히 세상 밖으로 떠나보냅니다.

2017. 1. 31
문학과현실작가회 일동

목차

제3부 수필

김완현

제4부 소설

제1부
황의산 추모 마당

황
의
산

서울대학교 철학과를 졸업했다. 계간 「문학과 현실」을 발행했다. 번역서로는 『동정』
(이청, 2003), 『나에게는 나밖에 없다』(오쇼 라즈니쉬. 2009), 엮은 책으로는 『(대학
으로 가는) 한국 현대 단편소설 탐구』(저자 김동인 외) 등이 있다. 2014년 9월 아름
다움을 찾아 소천하였다.

방촌문상 시상식에서 류재상(좌) 시인과 성백원(우)
시인과 함께 한 모습

비밀
스럽게

고옥귀

그는
세상을 탐색만 하다가 떠났다.

가시밭길 같았던 길
맨몸으로 뛰어다니며

날마다 술래가 되어
글 쓰는 사람 찾아내어

페이지마다 아롱아롱
깃발 같은 글 꽂아주고

글의 고수 되라
명언도 남겼건만

가진 것 없다는 핑계로
비밀이 미로 같아 슬펐네.

한때는
목을 축이는 물이 되어 흐르고

문학적 정신
어디에 숨겨놓고 갔을꼬.

생의 시작이 되었고
생의 끝이 되었던 삶.

잊지 않고
기억하며

이제는 보내 드리고자 합니다.
아파도 아파도 보내 드리고자 합니다.

차라리
비밀스럽게 가시옵소서.

한 떨기의
젖은 어둠

김진동*

가슴 가득 담긴 못 피운 꽃 그림자
그 무게 힘겨워
발자국 소리 따 던지고
그대는 단풍잎처럼 가시었소.

아, 그대 떠나던 날 밤이,
혼인날 잡아놓고 찾아온
애인의 신발에 덮힌 눈을
녹이는 동안에
내 가슴에 묻힌 봄이 미친 듯이 깨어날까 봐
선체로 돌려보내고 나서
제대한 지 한 달도 채 되지 않은 내가
깨어져 버릴 것만 같은 가슴을 쥐어뜯으며
무너져 내렸던 그 밤처럼,
세상이 온통
한 떨기의 젖은 어둠일 뿐이었소.

방촌
문학

바람에 맡겨놓은 상처 난 세월을 헤집고

이제 여기 낮은 산자락에

그대의 속눈썹에 맺혔던 이슬 같은

자그마한 풀꽃이 눈을 트고 있소.

*문학세계(시) 등단, 현) 경기문인협회 윤리위원장, 현) 시와 숲길 문학회 회장, 저서: 세월
의 눈에 손을 가리우고(2004), 한 몸에서도 그리운 땅이 있으니(2009), 수상: 방촌문학상
본상 수상, 한국작가상 수상(2013), 한글문학상 수상

소환장과
수의복

박훈*

넋두리가 아닌 실지라고
거듭 강조하는 바요.
계절은 다시 찾아오고, 철새도 다시 찾아
왔는데 떠나간 황주사 그곳은 어떤지
궁금하구먼. 여기는 40년 만의 무더운
여름으로 곤혹을 치렀고, 나는 이른 봄에
알콜 사건으로 두 번이나 북망산을 갔었지만
잘 된 건지, 안 된 건지 문지기가 퇴짜 놓는 바람에
그냥 돌아오곤 했었지. 소환장에 출두 날짜는
찍혔는데 옥새 찍는 것을 깜빡한 게지.
고로 황주사도 나도 무섭게 퍼 댔으니 자승자박 아닌가.
누가 시키지도 않았으니 누굴 탓하고 원망하리.
입고 가라고 사다 논 수의복을 보니 인생이 짧기도
하지만 한없이 무상한 것이 떠도는 구름 같은데

에지일지 몰라도 염라국에 가서 황주사 만나면

먼저 참았던 막걸리부터 허벌나게 퍼 마신 뒤

쌓인 회포를 풀어야겠네.

*한국문인협회·국제펜클럽 회원, 시집 「그때가 행복했었네」, 「세월의 길목에서」, 「머무르고
싶은 순간들」, 「빈가슴에 피는 안개」, 수필집 「잃어버린 그대 이름은」외 3권. 경기문인협회
문학공로상 수상, 방촌문학 본상 수상

지행역

원연희

마지막 귀띔이었는 줄
진즉에 알아챘더라면
이처럼 무작정 열차에 올라
텅 빈 역사에 번번이 주저앉는
허허로움 있었을까
귓가엔 여전 젖은 음성 맴돌아
홀린듯 취한듯
가슴 자주 빈 역사를 향해 허방 걸음 걷습지요.

"내일 모레 쯤 우리 만날까 아니 글피면 될 것이네"
"책 가지고 갈 터이니 지행역으로 나오시게나"
언제나 만나면 주위가 온통 후끈 달아오르리만치
뜨거웁던 열정을 어찌 두고 그리 급히 하늘역에 오르셨나
두고 가신 빈 터엔 어느새 망초무리 휘청휘청 그날 그 모습인 듯
여전 황망하더이다만

행여 하는 마음 줄 때 늦은 지병인냥
이러 저러 못 할 때면
끝내 지키시지 못한 약속의 터

지행역을 향합니다.

황의산
님

정하선*

노랑사과 하나가
빨강사과들 뒤에
묵묵히 서 있었다

노랑사과의 향은
빨강사과들의 향에 묻혀
말을 잃은 듯
언제나 조용했다

천국나라
문안에 들어앉아 있을까

문안에 일부러 들지 않고
방촌문학상 수상자들이 오면
조용히 손 내밀어 악수를 하려고
문밖에서 십 년이고 백 년이고 기다리고 있을까
말 잃은 듯 가만히 서서

*전남 고흥 출생,
등단: 월간문학
신인상 당선, 시
집:『재회』『한 오
백년』『석간송 석
간수』『꼬리 없는
소』수상: 제2회
방촌문학상 본상
수상(2010)

당신이
내겐

최상만

당신이 내겐
천사였는지 모른다.

언어의 늪에서 허우적거릴 때
손 잡아준 당신이
천사였는지 모른다.

길을 잃고 헤맬 때
등대처럼 인도해준 당신이
천사였는지 모른다.

구걸하던 동냥 그릇에
시어 몇 닢 담아 주고
홀연히 떠난 당신이

당신이 내겐
천사였는지 모른다. 그런지도 모른다.

황의산
선생님

최 점 희

지금은

어느 산등성이에서 만나는 바람과

어느 산골짜기에서 만나는 갈꽃들과

막걸리 한 잔 나누며 삶과 사랑과 시를 얘기하며

세월을 보내고 계시나요?

휘리릭 왔다 간 이승에서

서로 나누었던 정을 가슴에 담고

바람처럼 훌쩍 떠나간 저승에서도

도인처럼 휘적휘적 인연을 엮으며

살아가고 있으신지요?

흘러가는 구름 붙들고 안부를 전합니다.

스쳐가는 바람결에 소식을 전합니다.

한 생애 문학이라는 배에 올라

때로는 현실에 멀미도 하고

가끔은 부당함에 토악질도 하면서

유유자적 나그네 되어 살다 간 의로운 산이시여!

아직도 그대를 잊지 못하는 우리들에게
그때처럼 손짓 한 번 해주소서.

방촌 문학으로
부활

　이별에는 슬픈 이별과 아쉬운 이별이 있다. 기다려주지 않고 가 버리는 현상들이 많은데 돌아오지 못하는 이별은 더욱 아쉬움이 많다. 특히 인간들의 사망으로 인한 이별은 우리를 슬프게 한다. 꽃이 질 때, 낙엽이 질 때나 설화가 녹아내릴 때는 아쉽지만 다시 곧 돌아오는 이별이므로 슬프지 않다.

　필자는 그동안 여러 사람을 먼저 보내면서 슬픔과 함께 특별한 아쉬움을 느끼는 이별을 두 번 경험했다. 첫 번째는 고향 친구로 요절한 교직자이고, 두 번째는 장년에 알게 되어 문학이라는 글 마당에 필자를 올려준 〈문학과 현실〉 발행인 황의산 사장이다. 두 사람은 슬픔보다는 진한 아쉬움이 떠나지 않고 있다. 어차피 한평생 살다가 가는 것이 인생살이의 이치라면 나이 숫자로 다소 먼저 가는 것이라는 생각을 할 수도 있다. 그러나 필자가 아쉬움을 느끼는 예술문화회관 건축, 심포니 오케스트라, 국악 연주단 창설 등 여러 단체를 만들고 수장(首長)도 맡아 하면서 고향의 문화발전에 기여한 사람이다. 때문인지 친목 모임체가 32개라 하던가? 아무튼, 한 달이면 매일 모임에 참석하고 모임 때는 회식을 하는데 성격이

낙천적이고 술을 좋아했다. 때문인지 50대에 간암으로 요절했다. 필자뿐만이 아니고 많은 사람들이 그의 죽음에 대하여 아쉽게 생각했다. 그는 더 살면서 교육은 물론 지역사회 발전을 위해 꼭 필요한 사람이라고 이구동성으로 말했다.

친구를 보내고 수십 년, 아직도 잊지 못하며 살고 있는데, 장년에 알게 된 황의산 사장의 죽음도 같은 충격이었다. 2014년 9월 19일 그의 갑작스러운 사망 소식을 들었고, 장례 이후에도 상당 기간 멘붕 상태였다. 필자의 여생에서 새로이 문학의 길을 안내해 준 사람이었기 때문이었다. 솔직히 황 사장은 필자가 아는 문학 작가 타입은 아니었다. 그는 그냥 수더분한 서민 모습으로 길가에서 흔히 마주치는 사람, 그래서 기억에도 남지 않을 그런 타입이었다. 그래서 더욱 그가 좋았다.

황 사장과 이별한 지 벌써 3년이 되었다. 그와 단둘이 만나 나눈 대화 내용은 문학의 본질보다는 우리 문학이 존재하는 토양에서 문학지가 생명을 지탱하는 데 필요한 사회의 공기(空氣)라고나 할까? 사업상 어려운 현실 이야기였다. 필자는 과거에 기업홍보실에 근무한 경험이 있어 잡지사의 생리와 인쇄업의 애환에 대하여 얼추 안다고 생각하는 사람이다. 때문에, 그의 사업상 어려움을 이해했다. 그런 환경에서도 자기가 발간하는 문학지에 대한 열정을 느껴 존경심이 들었다. 사실 21세기 디지털 세상에서 아날로그인 문학지나 출판업을 한다는 것은 결코 쉬운 일이 아니다. 그러므로 그의 젊음과 열정이 부러웠다.

과거 젊은 시절 현대문학지를 만나면서부터 문학에 대한 관심을 지켜온 필자는 황 사장과 〈문학과 현실〉이라는 계간지를 만나면서 문학에 대한 열망이 과거 젊은 시절로 회귀했다. 문학 전공이 아니고 생활 전선에서 현상만 추구하다 보니 훌쩍 세월을 보내버렸고, 생존경쟁에서 비켜 설 나이에 다시 문학을 만난 것은 필자에게는 정신적 부활이기도 했다. 그런 동기가 된 몇 사람 중에 황 사장은 필자에게는 제2의 인생 항해를 도와준 젊은 선장이었다.

필자가 그에게 심취하게 된 것은 그가 만드는 문학지의 편집 내용 때문이었다. 그것은 많은 문학지에 넘쳐흐르는 현실 작가들의 작품 외에 우리가 쉽게 접하지 못하는 분야, 예컨대 과거 월북 작가와 친일 작가들의 작품을 수록하는 등 읽을거리에 대한 그의 관심과 문학의 역사의식이었다. 그리고 그가 직접 편집하여 올리는 유명 철학가들의 글들이었다. 여느 문학지에서는 기획하지 않는 그런 과감한 편집에 관심을 가지면서 〈문학과 현실〉 계간지의 가치와 발전을 기대했었다.

필자는 그런 문학지로 등단했다는 사실을 만족하게 생각하면서,

황 사장보다는 인생 선배, 사업 선배로서 단둘이 상면할 때에는 여러 가지 조언도 해주는 사이가 되었다. 그는 작고하기 직전 문인협회에서 발행하는 월간문학지에 두 번씩이나 문학과 현실지의 광고를 했다. 그리고 앞으로 문학과 현실지 발행에 물심양면으로 지원해 주려는 인사들이 있다는 희망적인 말을 했다. 그리고 한 달, 특히 문학과 현실지 작가회 미팅 하루 전날 갑작스러운 사망 소식은 놀라움에 앞서 미스터리한 생각마저 들 정도이었는데 과연 필자 생각뿐이었을까?

아무튼, 그는 〈문학과 현실〉이라는 문학지와 그 배에 승선했던 여러 문인들에게 의문과 아쉬움을 남기고 홀연히 떠나갔다. 그러나 다행히 그 배에 남겨진 선원들이 우여곡절 끝에 〈방촌 문학〉이라는 동인지를 탄생시켰다. '방촌'이란 타이틀은 고인의 조상인 황희정승의 호에서 가져 온 것으로 황희정승의 문학 정신을 잇고자 고인이 생전에 애착을 가지고 작가들을 설레게 했던 '방촌 문학상'의 그 '방촌'이다. 방촌 문학 작가회 회원들은 심기일전, 좋은 작품으로 고인의 유지도 받들고 방촌 문학지가 21세기 우수한 아날로그 문학지로 거듭나기를 기대한다. 고인도 저 하늘나라에서 굽어보며 지원해 주시리라.

2017년 1월 19일

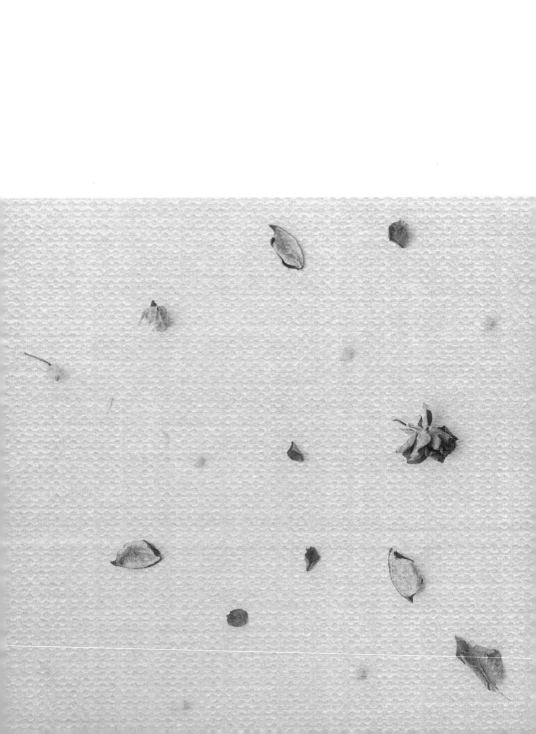

제2부

시

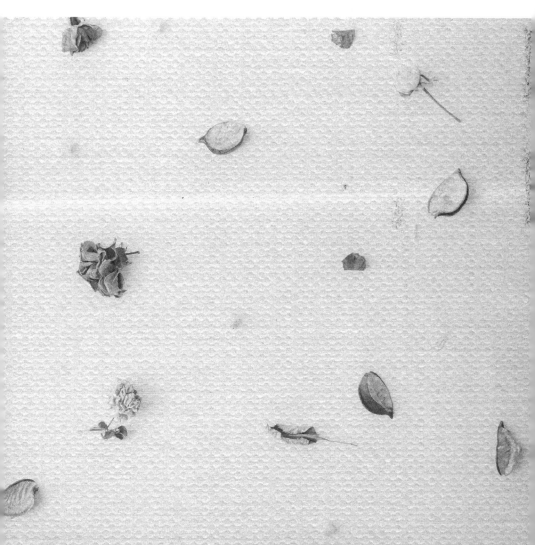

고
옥
귀

회상

꿈을 안고

시위대

혼자 산다는 것은

질경이

피 자줏빛 꽃

회상

흩어진 나날들
기억으로 펼쳐놓고

거울 보듯 바라보노라면
마디마디가 서럽다.

밤에는
달빛으로 묻어놓고

바람 부는 날에는
가슴으로 안았던

내 젊은 연애는

꿈을
안고

절박한 시간을 안고
여행을 한다.

시위대 행렬 끝나지 않은
떠들썩한 세상

겁많은 사람들
나 몰라라 침묵하고

무기력한 사람들
할 일없이 안절부절

듣고 싶은 소리
어디에서도 들려오지 않고

연애하듯 설레는
그런 세상 꿈꾸며

여행을 간다.
여행을 간다.

시위대

무슨 할 말이 저리도 많을까.
얼마나 하고 싶었던 말이기에

가을을 걸터 앉아
노래를 한다.

은행잎이 노오랗게 우수수
단풍잎이 핏빛으로 뚝-뚝-

나무들이 운다.
나무들이 울었다.

노래 들은 사람도 울었다.
노래를 부르는 사람도 울었다.

혼탁한 이 세상
흑백을 가리자는 시위다.

가을을 송두리째 끌어안고
우는 젊은이의 그 진실에 귀 기울여 주는 사람 있을까 모르겠네.

혼자
산다는 것은

혼자 산다는 건
외로움을 안았다는 의미다.

하루 해를 보내고
집에 돌아와도 반기는 사람 없고

깊은 밤
천정에서는 화려한 불빛이 쏟아지는데도

사면 벽에서는
어둠보다 더 짙은 외로움이 펄럭인다.

날이 밝아도
혼자라는 건 변함이 없고

동행자 없이 보내는 나날
의미 없는 추억으로 묻힌다.

아, 통재라
옷깃이라도 스치는 인연 언제쯤이려나.

질경이

이제 더 밟지 마십시오.
더는 밟히고 싶지 않습니다.

거름이 많아서 길섶에 태어난 것도 아닙니다.
그런 곳이라도 좋으니 태어나게만 해달라고 조른 것도 아닙니다.

만물의 경자 사람마저도
태어날 장소, 사람 가리지 못하고 가시거늘

한해살이 잡초에 불과한 이 생명
누가 거두어 주리라 희망 품고 태어나지 않았습니다.

거름기 없는 땅 위에서
목숨 이어가면 버티기조차 힘든 것을

눈치채지 못하셨다면
미안한 마음으로 비켜 걸어가십시오.

밟히고 뭉개지는 서러움
더는 못 견디겠습니다.

차라리
한낮 또약볕에서 희나리라도 된다면

오가는 사람들
발걸음이라도 피할 수 있으리라.

그리 생각하면서도
오늘도 여전히 밟히고 사는 나는

질경이외다.
밟히며 사는 질경이외다.

피 자줏빛 꽃

씨 받은 적 없었고
옮겨 심은 기억도 없다.

봄이 되어도
꽃 한 송이 피우지 않는 나무

여름에는
잎만 무성했다.

발길이 닿을 때마다
시선이 멈출 때마다

성가시게 느껴졌던 나무
잎으로 보아서는 분명 꽃나무인듯 한데

가을 깊은 아침에도
꽃 한 송이 피울 낌새가 없었다.

십일월 중순도 지났을 때
김장 끝난 오후

뽑아 버릴 심사로
실없이 바라본 순간

잎새 사이로 몽글몽글 봉오리가 한창이다.
몇 개의 봉오리 사이에 피어난 꽃 두 송이

핏빛을 머금은
핏빛 자줏빛 꽃이었다.

곱다기보다
차라리 애처로웠던 모습

봄에도 앓았고
여름에도 앓았던 것처럼

계절마다 혼자 앓으며
피어나는 꽃이었던가.

십일월 초겨울에
피어난 꽃 인내하는 것이 꽃의 상징이었음인가.

바라보기조차 아픈
피 자줏빛 꽃 국화야.

지나간
인연

우연히
스쳐 지나가는 옛 인연

한 번 더 뒤돌아본다는 건
행복했었던 그 시절에
미련이 남아있음인가

시야에서
사라질 때까지 바라봄은
그리움이라는
정을 못 끊었음일까?

바라보는 시선도 없건만
얼굴을 살짝 붉힘은
감추고 싶은 내 마음에
살짝 속내를 들킨 거 같아
스스로 민망하다.

영혼이
있다면

영혼에도 빛이 있다면
내 혼의 빛은 어떤 빛일까

쏟아지는 인터넷 홍수 덕에
수많은 종류의 사람을 접한다

거리, 지역, 나이. 취미가 달라
사는 삶이 틀린 듯하면서도
많이 비슷한 사람들의 생활

그들 속에 맑은 영혼을 추구하는
몇몇 사람들을 본다

그 순수하고 깨끗한 영혼 덕에
현실에서는 힘에 부치는 사람들

그런 사람들을 보면
때로는 맘 속 곤비해질 때가 있다

같은 빛깔의 영혼이 있다면
서로의 간절한 빛으로
의지로울 수 있으련만….

이번
겨울엔

가로등 불빛에
함박눈은 춤을 추고

불꽃 향연의 벽난로는
작은 신음 소리를 낸다.

빨강
아니 색깔은 관계없이
단색의 칵테일을 마시고 싶다

재즈풍의
이름 모를 여가수의 흐느낌은
내 가슴을 훔쳐가고

우연이 들어간
고풍스러운 카페에서

반짝이는 눈물을 보이는
그런 나를 만나고 싶다

감성이 살아있는
중년의 나를 보고 싶다
이번 겨울엔….

비가
오면

비가 오면
내 마음속
시간과 공간이 하나가 된다

소중한 인연에
미소 지으며 행복했고
작은 오해에
우울하고 슬퍼했던

비 오는 날에는
향기가 난다

비 내리는 소리에

어릴 때의 고향 집 꽃밭이
주던 그리운 향수 속에
설피꽃밭 따라 피어나던
까까머리 중학생의
수줍은 첫사랑도 피어난다

아스라이 스며드는
풀 향의 풋풋함

선배

제 선배님이십니다.

학교 선 후배만 따지다
어느 날부터인가

사회 선배로
인생 선배로
문단 선배로
나를 소개하는 사람들

제가 좋아하는 후배입니다.
맞장구는 치지만
그 말을 듣기가 민망하다.

태어날 때는 선후배가 있지만
죽을 때는 순서가 없다지 않은가.

생각해보니

선배로서 내세울 것도
선배로서 더 나은 것도
선배로서 잘하는 것도
없음이 더욱 민망스럽다.

열병熱病

눈을 뜨자마자
시원한 생맥주가 생각남은
밤새 욕망에 대한 갈증이었으리

온몸을 흥건하게 적시며
밤새 하얀 밤을 지새울 수 있음은
출세에 대한 눈먼 열정 덕이었으리

암흑 속에서
나를 찾지 못해 방황하는
성공에 대한 무한정의 진탕 길에서

마침내
이별을 고합니다

소나기가
시원하게 내립니다

내 열병도
아프게 식어갑니다.

슬픈
삶

내 돈으로 외국여행 가는데
당신이 무슨 상관이야?

골프 치러 가던
몸보신 하러 동남아 가던
왜 관여하느냐고?

재개발로 수십억 원을 보상받은
동네 졸부가 악을 쓴다

내가 참견할 바가 아니지

어젯밤에
설탕물로 허기진 배를 채우고
새벽부터 휴지를 주워 받은 돈
7,800원에 감사하는 꾸부정한 할머니의

TV에 비친 고물상에서의 모습을
바라만 보는 나 자신이 미울 뿐이다

어느 게
슬픈 삶인지….

돌고 있는
십자가

종탑 위
빨간 네온의 십자가가

이 새벽에
천천히
소리 없이
돌고 있다

절실함을 가지고
성경 가방을 움켜쥐고
십자가를 한 번은 바라보고
새벽 기도를 위해 교회로 들어간다

그러면 된 것이다

술 취한,
비틀거리는 저 취객
길거리에서 구토를 하며
우연히 바라본 교회 십자가

돌아가고 있음을 알아본다
눈가에 이슬이 맺힌다
그러면 된 것이다.

'쿼바디스'

가을
사랑

보이는 게 다가 아님을
떨어지는 낙엽에도
기쁨이 있음을 발견합니다

들리는 게 다가 아님에
슬퍼하는 풀벌레 소리에도
행복이 숨어 있음을 봅니다

떨고 있는 단풍잎이
꼭 아파서만이 아닌
만추에 대한 희열 인지도

계곡 속의 가을
삶의 굴곡이 주는
인생의 환상곡일지도.

하모니카

생의 언저리
능선 아닌 곳 어디 있으리

가을밤 귀뚜리 울음처럼
불현듯 서러워지는 모퉁이

우울하다거나 외롭다거나
쓸쓸한 이 뉘라 없었을까마는

어린 날
늘 제 편이던 큰 누이의 음성인 양

앓던 머리 도닥이며 밤새
머리맡 자리끼로 지키시던

어머니의 숨결처럼 때 잃은 꿈속
그 아련한 첫사랑의 전율로

가슴에 연초록 링거를 수여하는
은빛 하모니카!

마른 손금에
물꼬란 물꼬는 다 열리듯

불면 불수록
나보다 먼저 뜨거워지는

작은 너의 몸 앓이에 취해
노스텔지어가 되었다가,

젖은 추억의 손수건도 되었다가,
너의 끓는 앓이 속 설은 음표가 되어
잘 익은 詩 한 줄의 숨소리를 듣는다.

엿보다 들킨
키 작은 날 꿈도,

늑골 속 홀로 울던 슬픔도
사랑도,

오선의 음표로 부활의 춤을 추는
내 작은 보물단지!

빗장을 열면 별 무리 쏟아붓듯
초롱초롱한 은총뿐인 그대,

첫사랑을 품에 안듯
그의 품에 나 안기듯

한 몸 이룬 이 황홀함
하늘이 우리에게 섬별 하신 선물이다.
아마도 우리는,
전생의 어디쯤

사랑했거나
잃었거나

놓아버렸던
끈질긴 緣이었음이리.

어느 날의 삶

바람이 떠미네요
빨리 가라고

구름이 붙잡네요
쉬다 가라고

선배 노릇
후배 노릇
남편 노릇
아빠 노릇
오빠 노릇
동생 노릇

살다 보면 쉽고도
어려운 일을 만난다

어찌할꼬
망설이다

후회만 늘고
恨만 쌓이네.

삶이란
후회의 나이테가 아닌지.

내 마음속의 가을

마음속에도
가을이 있었음을
지천명을 지나서야 보았습니다.

나 자신 어찌할 수 없는
풍상을 겪은 뒤에야
가을이 숨어 있었음을 눈치챘습니다

불면의 밤을 안겨주던
열락의 고통을
서서히 가을이 녹입니다

사랑, 후회, 기쁨, 슬픔
모든 것을 포용하고 용서하는
이제야 찾아온 마음속 가을입니다

중년입니다.

유
윤
수

고향
물레방아

전기가 귀했던 시절에 고향 물레방아가 돌아간다.
냇물을 가로막아 도랑 따라서 봇물의 힘으로
웅장한 물레를 돌려 낮에는 방아를 찧고
밤에는 터빈이 돌아가는 속도에
처음에는 전깃불이 깜박깜박 졸음에 깨워 서서히 돌아
30와트 정도로 유지하다가 12시 이전에 서서히 전깃불은 나간다.
강추위가 지속되면 냇물이 얼어 얼음조각이 물레에 걸려 방해가
될까봐 추위도 무릅쓰고 밤새 고생하는 방앗간 젊은 청년 보수가
보리 때 보리 한 말 나락 때 나락 한 말 일 년 사용료가 전부인데
그래도 그 시절 고향에서 인기 짱이었지 세월은 무에서 유를 찾아
발버둥 쳤던 젊은 청년이 있었다는데 박수를 보내고 싶다.

황금KS
SK나무

휘묻이한 가지에서 새순이 돋아나 애비보다 듬직하다.

매년 잎은 무성하고 몸집도 잘 키웠다.

웬만한 강풍에도 흔들림은 면한 중목으로 자리를 매김하고

솟구친 가지에는 한 해가 다르게 꽃피고 결실을 맺는다.

꽃이 오고 열매가 수정될 쯤 욕심에 못 미친 열매를 바라보며

나의 예방조치가 결핍인가? 과다한 욕심인가? 아직은 성장세가

아닌가?

그렇다 준다고 다 가지려 하지 말자.

꽃핀다고 열매가 다 된다면 가지는 부러지고 성장은 둔한 것

내 몸부터 체력을 단련시켜 단단한 구조로 내면을 다진 후 머지

않아

새순마다 꽃눈이 맺힐 때 완벽한 수정으로 결실을 보게끔 가지

를 휘어 벌려주고

골고루 햇빛과 바람이 통하게 해 준다면 서로가 스스로 영양을

흡수하고 화합과

응집이 샘솟는 나무를 키워 나가자.

올해는 300수 내년엔 500수 5년 후에는 1,000수도 딸 수 있는
황금 KS 거목을 키워
사원들 가정에 황금 과일 바구니도 나눠주자.

약혼
사진

그때 얼굴을 가만히 본다!
어쩜 두 얼굴 표정엔 사랑보다는
무엇에 사로잡힌 굳은 목표의 모습
웃음도 없고 원망의 표정만 보인다.
깊은 연애도 못 하고 깊은 속내도 모르고
그냥 틀에 잡힌 형식과 사진기의
초점에 상심을 켜고 바라보는 얼굴은
한 치의 거짓은 조금도 없어 보여
세월이 흘러 지금은 어떠한가?
몇 번쯤은 후회와 실망도 있으리.
그렇다고 물려주지 않는 그 마음은
진정 약혼 사진 속 웃음이 아닌 또렷한
눈동자이었지.

보험

누구나 한 번쯤 보험의 효능을 감지했을까
자신을 지켜주는 방패 막으로 생각한다면
그냥 아깝지 않고 살아가는데 위안이 될 터
누군가 가는 악 이용자로 보인다.
그나마 나한테 불행이 오지 않아
다친 척 위장전술 꾸며 보지만 보험은
위험에 보상 해결사 인만큼 쉽게
이용에 꼬여 넘어가지 않는다는 속내가 있다.

그냥 여유가 있다면 세상 어려운 일
혼자 힘으로 해결이 어려운 일 쉽게 도와주는
아름다운 연인으로 생각해 둔다면
그는 정녕 당신을 잊지 않고 도움을 준다.
지금 당장 작은 힘이라도 있을 때

친구 몇 명쯤 서랍 속에 넣어 두자.

상추

불며 날아갈까
떨어지면 찾지 못할

그 속에도 혈은 살아있다.

촉촉한 흙냄새만 맡아도 금세
녹색 잎 피어난 숨음상추를
보리밥에 비벼 한 잎 하면

봄이 벌써 입안에 향기가 돈다.

부채 손처럼 너울대는 한 잎을
꼬집어 뜯어내어 삼겹살에 올려
소주와 곁들인 그 맛은 두고두고
너만이 가질 수 있는 매력이다.

청개구리

해 떨어진 시간이 1시간쯤은 되었는가.
개구리 두세 마리가 개굴개굴 신호를 준다.
어디에 숨어 있는지 살 냄새는 맡고 있는 건지
행여 어둠도 모르고 있을까봐 걱정이 되는가?
어둠이 앞을 가려 사물이 침침하고 일은 대충으로
마무리될 때 이번에는 개굴개굴 개굴 참 신기하다.
빨리 들어가라는 신호이고 어둠이 무섭다.
하던 일을 끝내고 주섬주섬 옷을 갈아입고 시동을 걸어보니
8시 30분을 알려준다. 오늘도 농장에서 잔업을 하고 하루를
퇴근한다 하고 싶어 하는 것은 노동이 아닌 즐거움이다.

까마귀

안성 논들에 까마귀 떼 오백 수는 좋을 듯싶다.
오늘 이곳에 모임이 있는 날
추수한 논 뚜랑 위를 폴짝폴짝 날다 앉는다.
한 마리 전선줄에 앉으며 우 루 루 끊어질까 무섭다
가만히 그들의 깍깍 거리를 소리를 귀 기울어보니
요즘 세상 삶 수다 소리가 이러했다.

말로만 효를 외치되 형제간에 제물로 다투어
부모의 마음을 상하게 하고 제 몸만 생각하여
부모를 돌보지 않고 주색잡기로 집안을 망치는 등
온갖 패륜 패덕을 저지르다 못해 산속에 묻고

도막 내어 쓰레기에 버리는 그들을 곳곳에서 본 것을
흉잡아 이야기하면 겉은 검어도 속은 反(반) 哺(포) 之(지) 孝(효)를
다하는 우리보다 못한 인간을 어찌하면 좋을까.
서로 한마디씩 벌리는 소리가 그렇게 시끄럽다. 그리고
한 마리 휙 날아오르니 하늘에 그물망처럼 너울거리며
오산 들녘으로 장소를 옮기고 있다.

기말
시험

끊어진 가방끈을 이음질 해놓고
다가오는 평가를 올리기 위해
쏟아지는 눈까풀 치당겨 세우며
뇌리에 반복용어 주입시켜본다.
외치는 기억소리 들락거리다
귀 틈에 붙은 놈 연방 나간 놈
아무리 애원해도 미련은 없다한 놈
문제를 알려면 원인을 알아야지
수박 겉핥기로 스쳐 가는 암기로는
같이 갈 수 없는 게 방송통신대학이라오.

하얀
민들레

날 데려갈 그이가 오는 날
하얀 날개 펼쳐 하늘을 본 후
힘없어 내리라 한다면 어딘들
가리지 않고 사뿐히 내려서
깡마른 대지 위에 첫 키스로
아양을 떨고 풀숲을 비빈다!
종식을 위하여 온몸을 녹여
예쁜 꽃 피워놓고 몸매를
부풀려 놓을 때 어디서 날 찾는
호미든 호식가가 나타나는 날
여기요 손들어 불러 보고 싶다.

고마운
비

너무 미안해 조용히 내리려고 했는데
양철 지붕 소리에 잠을 깨웠나 봅니다.
그렇게 나를 손꼽아 기다렸다는 소식
미꾸라지 편으로 익히 듣고 있습니다.
때로는 반갑다고 춤이라도 출듯하다
자칫 과다하면 축대냐 산태냐 홍수냐
원망도 하소연도 많더군요.

영국에서 일어나는 블랙시트 선언
한 치 앞도 모르고 있잖아요.
조물이 움직이는 요술에 그냥
흘러내리는 비 오늘은 당신의
기분에 고마운 비가 되고 싶어요.

자리를
바꾼다는 것

향상 머릿속에는 나의 집이 걱정이 되면서도 미련이 남아서

결정을 못 내리고 망설임에 살아온 것이 연간 33년이 되었다.

때로는 뉴타운 바람에 집값이 오르기도 했건만 그것도 빛 좋은 개살구

고집스러운 상가임대업자들의 거센 반발에 오산 뉴타운은 보기 좋게 허망했고

그래서 좋았다 했건만 또다시 주저앉았다. 위치적으로 시내 한 중심에 무엇 하나

어려움이 없는데 단지 골목집이라 그리고 외부가 낡아 외관이 좀 그렇다는 점이다

그러던 와중에 서울 사람들이 다가구 원룸 투 룸 바람이 불어와 단독 집을 선호한다.

기회는 몇 번이고 주어졌는데 미련과 살던 정에 팔지를 못하고 버텨 오다가 이제는

마음에 욕심을 내려놓고 아파트로 옮기기로 결정하고 매도를 기다려 보았다. 그러던 중

때마침 매수자가 나타나 계약을 하였다. 일단 마음을 비우고 아파트를 찾아보니 그것도

쉽지 않았다 마음에 들면 돈이 모자라고 돈이 맞으면 마음에 안 차고 몇 날을 고민하다

어떻게 마음에 든 집을 만났다. 남양 집에 전망이 확 트인 곳 주차장이 넓은 곳 아 이런 곳

살던 집을 팔고 아파트를 살 수 있는 돈이 딱 맞아 떨어지니 조금도 돈에 신경 쓸 필요는 없었다. 한 달간 이사 갈 시간을 남겨두고 서서히 준비를 한다. 단독 집에 온갖 잡 물건들 과감하게 버릴 것은 하나도 없다. 그렇다고 모두 가져가서 아파트 귀신 창고 만들 수 없고

일단은 농장에 한쪽에 정리하기로 하고 결정을 본다. 우선 장독대를 옮겨둔다 장독은 먼 훗날 회사를 그만 두고 신토불이 농장에서 심심풀이로 메주 간장 블랙베리 엑기스 용기로 상용해도 괜찮다는 생각에서다. 하루하루 이삿짐과 신경을 써보다가 농사일이 맞물리면 휴일도 없이 가을 추수도 해야 하고 한 달이란 시간이

처음엔 엄청 길게 생각이 들었는데

　이제 3일전이다. 우선 도배 청소 이삿짐 모두가 완벽한가를 확인해본다. 그리고 매수자가 이상은 없나 부동산에 계약시간을 조율해본 후 시간 짜임을 정해놓고 몸은 엄청 바쁘다.

　하나라도 버리면 나중엔 살 물건이고 그냥 사용하자니 새 기분이 아니고 아내와 연신 입싸움이다. 그게 이사인가 싶다 오늘이 이사 전날 밤이구나! 이 밤도 마지막 정든 집에서 잠을 자는구나! 그리고 이 집은 하루 정도 머물다가 부서지고 족부가 없어지는 불운을 맞지만 땅 번지는 살아있어 몸집이 큰 7층 다가구주택으로 변신해서 네가 살던 기억을 잊게 만들어 주겠지 네가 하지 못하는 개발을 다른 임자를 만나게 해준 나 자신이 여태껏 땅한테 미안한 마음이 든다. 좋은 땅은 좋은 사람을 만나 몸집도 키우고 자신의 자리 값도 비싸야 된다는 것을 뒤늦게나마 깨우치고 자리를 떠나게 된 것은 모두가 내 욕심이었다. 그리고 고마웠다.

원
연
희

빗물

감꽃 이우는 소리 여직 귓가에 서늘한데
작달비 쉼없이 내려 꽂혀
한 웅큼씩 홍진처럼 고여 앓던
지병같던 물동이 동이마다
물꼬 제대로 튼다.
하 세월 들고나며
물안개도 풀어놓고
적막마저 우려내어
흉장 깊이 묶였던 목청
한꺼번에
제 소리를 내어 운다.
갇혀있던 깃
술기술기
온통
득음아닌가!

무청

가을도 아직 초입이다 싶어 그런지
별나게 실한 무청을 다듬다
푸르디푸른 시절에 감전 되듯
초록 깊은 줄기
모르리 할 재간 없어
살뜰히 데쳐 되도록 푸른 거기
짓무르지 않도록 어르듯 달래
건져내다 온몸 흠씬
초록 물 흥건타
네 시절이 그렇듯
내 시절 또한 이토록
서걱이며 때론 줄기줄기
푸르고 낫낫했으리
싶어
온몸
줄기째 휘청이다

흉장 온통
시푸른 물잠에 통째
데인다.

가을에는

사랑하지 않아도
사랑 그 이상의 사랑으로
달달한 시를 쓰고 싶다.
혼절할 듯
제 몸 비벼 울음 잦는 풀벌레의 줄창처럼
절절한,
스치는 바람과 억새들의 예사롭지 않은
춤사위 그보다 더 뜨겁고 오묘하여 오금마저
절로 오싹해져 오는
한입 베어 물라치면 육즙 절로 흥건하니
살 속 깊이 베어 들어 혼곤해지는,
色色 과육들의 그 농도를 헤아릴 수 없는
오르가스므스!
딱,
그만큼의

바람불어
좋은 날

아흐으!
그립고 그립고 그립다
죽어 또 죽어 널 스칠 수만 있다면은
그 장삼자락!
나 환장해도 여한 없지 싶어
한여름 내
소리죽여 펄펄!
끓어 외쳐도 답은 커녕
안색 하나 변치 않더니
흐아흐!
죽을 만큼 반갑고 죽은듯
네게 스며들고 싶은 이,
몹쓸
시절의
화냥끼란

여자
그리고 열대

한 줌 재로 남는다는 건
온전히 불살라졌다는 거
정점이 뜨거우면 뜨거울수록
타고 남지 않으리라는
혼신의 애증!
그런 거다.
사랑이란

마중물

잿빛 하늘가
비안개로 짓물러 드는 걸 보니
멀리 겐지스강 어디쯤에서도 눈물질 한창인가 싶다.
밤꽃 진저리로 매달린 숲
비비새 떼로 몰려 지난 밤 못다 이룬 사랑놀음
물동이로 쏟아붓듯 여간 안달이 아니다
동은 그 새 묻어둔 약속처럼 실눈 떠오고
사라진 그 밤 별빛처럼
고층 아파트 드문드문 불빛인지 등빛인지 흐미하고
반쯤 열린 입으로 지긋한 하늘
머잖아 흐벅지게 쏟아져 내릴 비의 잠언들로
물길 수런대는 걸 보면
한바탕 세상은 또 물 범벅 비 범벅 범벅일 모양새
한 줄 詩다운 詩 쓰고 적도 못하여
타들어만 가던 내 미련코 우둔한 목울대에
젖은 언질 찰박찰박
샘 한 동이 고여들길,

오이지

때맞춰 살 오른 너의 푸른 물끼
되도록 오래 되새김할 요량으로
알맞은 천일염에 꿀잠에라도 재우듯
캐캐로 짠물 끼얹어 육질 깊어지길
해가 묵어도 물길 여전 반질한
첫 연애의 와삭함처럼
그랬다 다행히 오돌돌
씹으면 씹을수록 씹히면 씹힐수록
무어라 그 생것 표현 모호하리만큼 상큼해,
간 절여 알맞은 그쯤
샛노랗게 여문 몸뚱이 꺼내
베주머니에 흠씬 눌러 짜
오돌뼈 고루 빛고운 양념에 버무려
상모퉁이 살피살피 한 탕기 올리다 살쿰,
먼저 맛을 보는데

입 한가득 저린 생이란

내게도

네게도

눈물겹게 머물렀지 싶어

그런 날

가는 빗소리에도 깨어나 잠 못 드는
길가에서 괜시리 몸 부벼 오는 풀꽃 몇 송이에
애잖타 애잖타 쉬 돌아서지 못하는
거울 속 귀밑머리 한참이나 괜시리 쓸어올리는
바라보지 않아도 저 먼저 와 흥얼흥얼
노랫말보다 더 쓸쓸한 쓸쓸함에 등이라도 돌릴라치면
업고 가자 업고 가자 하는
어처구니보다 더 어처구니로 한 그리움이
뭉텅뭉텅 모이다 글썽이다 잘려나가곤 하는
그래도 사랑한다 사랑한다 목소리 다 잠기도록
되읊고 또 되읊어 대는
뒤척뒤척 굽은 길 자꾸만 돌아 나와
새하얀 은륜의 바큇살로
기적보다 더 깊어
한없이 빨려드는 그런 날,
오곤 하지.

詩에게

단
한 움큼의 그리움이고 싶었다.
단 한 줌의 허기로도
낫낫해지는
간헐천
물기둥의 혈흔!
그는
알까
목숨같은
서신

편지

망초꽃 흐드러지게 핀 향기 담아 보낸다.
한번 다녀가시게
가을보다 가끔씩
너를 향한 그리움에
에둘리워

치매 병동

세상 수많은 언어 중 아직도 오리무중인
당신의 언어를 찾습니다.
어디쯤에서 별 하나 놓치셨는지요?
가슴으로 묻고 가슴으로 답하다 그냥
엄니, 하고 물으면 되뇌이시는
내 아들 내 딸 이름이 말여
그래여 그 이름 뭔데여?
영석이가 큰애고
둘째가 영민 아, 그리고 말여
팔 남매의 기적을 고스라니
끔찍하리만치 정확스러운 생 앞에
내 생의 무딘 언어들이
와르르

살아있다는 거

부르는 이 없어도
딱히 청함받은 곳 없이도
신발끈 동여매고
젖은 길도
마른 길도
뒷꿈치 사뿐하니
향하는 곳 있다는 건
첫사랑에
발딱이는 새가슴은 아니어도
소소소
바람결 살아
결 고웁지 않더라도
은물결 출렁이는
가슴으로
그 누구도 알아채지 못한
소리의 거처를 찾아

시내처럼 강물처럼 어디로든

흐를 수 있다는 건

저물녘

물 항아리 한가득

정수리께

참방참방

으아리 꽃

으아!
생애 무슨 복된 일 지어 흉통,
저리
환~할까.

둥지

바람이 흔드는가.
새들이 날아 앉아 흔드는가.
신새벽 온갖 흔적 고요로운데
홀로 환한 경비실 창가 느티나무
높 낮음 없이 가지가지 푸른 잎새
고르게 흔들린다.
행여 누가 될까 발자욱 숨마저 호흡 멈추고
도둑 걸음 걷는데
나뭇가지에 오소소 모여앉은 새들
속깃 다듬는가 싶더니
나뭇가지 푸른 잎 요령처럼 흔들며
흔들리는 새 새들
흔들리면서 흔들리면서 끝내 흔들리지 않을
둥지를 짓고 있는 게다.

詩

해가 저물어서야
꽃그늘에 앉아
낮은 시를 써 올립니다.
저물고 또 저물고 나서야
비로소
시가 되고
참 고백이 되고
선한 눈물이 되어
별의 자리가 되는

처서處暑

그게 너였으면 좋겠다.

당신

발병發病

얼마나 될까

나 없이도

어느 날 뉴스

카나리아에게 듣다

기차와 전철

차를 마시며

마음의 씨아에 남는 마지막 말은

처서處暑

들풀 향기 사이로
풀벌레 소리 높아지면
그 기승을 부리던 태양도 슬며시 비껴 선다.

하얀 구름 사이로
하늘색 짙어지면
그 지분거리던 먹장구름도 슬며시 물러선다.

아침저녁 창 두드리는
귀뚜라미 서늘한 숨결에,
밀려난 자리마다 슬그머니 가을이 들어앉았다.

그랬더라면, 정말 그랬더라면,
잊혀지기 전에, 떠밀리어 가기 전에
슬쩍 머문 자리 비워주면 좋았을 것을.

그게 너였으면
좋겠다

눈 감으면 떠오르는 사람이
동구 밖 버드나무 뒤에 숨어 기다리는 사람이
너였으면 좋겠다.

목소리만 들어도 행복해지는 사람이
약속하지 않아도 그곳에서 만날 수 있는 사람이
너였으면 좋겠다.

옆에만 있어도 든든해 지는 사람이
잠시만 헤어져도 봇물처럼 그리워지는 사람이
너였으면 좋겠다.

수없이 가을이 다녀가고, 다시 가을이 와도
오롯이 한 사람만 선택할 수 있는 사람이
너였으면 좋겠다.

나도 네게 그런 사람이었으면 좋겠다.

당신

이슬 젖은 자작나무 이파리 같은

오월 푸른 향기의 보리 이삭 같은

라흐마니노프의 피아노 협주곡 같은

외로운 낙산사에서 듣는 파도 소리 같은

한여름 대지를 적시는 소나기 같은

만선의 석양 뱃고동 같은

하얀 프리지아 꽃 그림자 같은

무서리에 핀 감국 향 같은

솔밭 길 바람의 향기 같은

의암호의 새벽 물안개 같은

옹달샘에 피어난 눈꽃 같은

당신, 그리움.

발병發病

또 도졌나 보다.
오줌 마려운 강아지처럼 동동거린다.
마음이 활처럼 휘었다.
엄지발가락에 힘을 주어 참으려 해도
햇볕 쪼이러 나서는 살모사 마냥
스멀스멀 일어선다.

시간의 올을 재여 놓고 틈만 나면 도지는 병
가만있으면 마음은 동티가 나고
몸은 벌써부터 안절부절.
마음은 벌써 산속이다.
꽃잎을 타고 오르는 기분
접신한 듯 꿈꾸는 산행

얼마나
될까

당신에 대한
나의 사랑의 무게는
얼마나 될까.

나에 대한
당신의 사랑의 위치는
어디쯤이나 될까.

우리가 그리워하고
애태운 사랑의 깊이는
얼마나 될까

눈만 감아도
이렇게 가슴 아린데
가슴이 아린데

나
없이도

세상은 돌아간다.
잘도 돌아간다.
나 없어도
당신 없어도
바람개비처럼 잘도 돌아간다.
바람만 있으면

강물은 흘러간다.
잘도 흘러간다.
나 없어도
당신 없어도
멈추지 않고 잘도 흘러간다.

별빛만 있으면
나만 된다 하고,
남은 안 된다 하지만
세상은 굴러간다.

잘도 굴러간다.
양심만 있으면
나 없이도

어느 날 뉴스

- 무관심에 대하여

휴대전화 사용으로
벌들이 길을 잃는다고 한다.
전자파 교란으로
벌들이 사라진다고 한다.

이유가 뭐든지 간에
벌들이 사라진다는 뉴스에도
아무도 놀라지 않는다.
아무도 걱정하지 않는다.
벌이 소멸하면 무슨 일이 생기든지 간에

찬란한 불빛 뒤에 깃든 어둠
고독한 주검이 발견되어도,
삶의 무게에 떠밀려 변두리에 떠밀려
비극으로 얼룩져도 며칠이면 잊혀진다.

도시의 빛은 더욱 밝아지고
사람들은 분주하게 사랑을 찾아 나선다.
빙하가 녹는대도,
아열대가 북상한대도
하늘에 구멍이 난대도 귀 기울이지 않는다.

오가는 전파 속에서 잡아낸 어휘만 웅웅거린다.
사람들에게 전할 길이 없다.

카나리아에게
듣다

유폐된 세상, 베란다 새장에

카나리아 한 마리

창공을 그리며 백수白壽를 넘겼다.

세월 앞에 관절염으로 휘어진 발목

카나리아는 절름발이가 되었다.

뼈대만 남은 깃털로는

날아오르는 것조차 힘들다.

한때는 황금 깃을 자랑하던 황후의 자태였다.

한때는 새벽을 깨우는 천상의 목소리였다.

이제 카나리아는

길게 자란 부리로는

모이를 쪼는 일도 잊어버렸다.

며칠 동안 힘겨운 목소리였다.

무엇을 말하려던 것일까.

끝끝내 듣지는 못했지만

카나리아의 몸이 식어 갈 때

그것을 느낄 수 있었다.
중요한 것은
들리는 목소리가 아니란 것을
보이는 깃털이 아니란 것을
중요한 것은
들리지 않는 진실이라는 것을
보이지 않는 뜨거운 가슴이라는 것을

기차와
전철

한때 기차에는 낭만이 있었다.

사람 냄새 풍기는

가끔은 흔들리던 방황과

고뇌를 찾아 나서는 청춘과

보따리에 담은 사연이 웃음이 되던 정겨움,

통기타 하나로 낭만이 되던 때도 있었다.

그때는 그런 풍경이 있었다.

요즈음 전철에는 고요한 정적만 감돌 뿐이다.

누에고치마냥 자기만의 공간 속에 자신을 가두고

혼자 나누는 대화

전철은 고독만 싣고 달린다.

사람들은 넘쳐 나지만

전철에는 쓸쓸한 바람만이 분다.

모두가 손에손에 외로움만 들고 있다.

차를
마시며

태양 빛으로 잉태된 대추의 붉은 향기에
흙 내음 모아 우려낸 새앙물에
벌들의 집념이 빚어 놓은 달콤함 더하면
모세혈관까지 기분 좋아지지 않는가.
하나둘 모여
함께 어우러지면 향기도 배가 되는 것을
차 한 잔을 마시며 깨닫는다.
서로 모여
서로의 향내 더하며 만들어 내는 조화,
대추도 생강도 만들어 내건마는
우리는
서로 만나서
어떤 향기를 풍기는지
서로에게 어떤 의미가 되는지

마음의 씨아에 남는
마지막 말은

마음의 촉수는

늘상 그리움에

접속하고

가슴속 씨아에

마지막까지 남는

말은

언제나 사랑이다.

감정의 돌기에 매달려

마지막까지

떨어지지 않는

치열함도

언제나 사랑이다.

가슴 따뜻한

가슴 저미는 사랑이다.

그늘

빛나는 태양이 있어야 한다.
가리는 구름이 없어야 한다.
비로소 만들어지는 그만큼의 그늘

욱신거리는 쉰의 출렁다리를 건너고
지금에서야 안으로 들어와
뉘어 보기라도 하는 지천명의 그늘 밑

말씀의 울타리 안에서 안식을 얻고
토닥여주는 숨결 속에서 안도하는 하루
끄덕여주는 위안을 베개 삼아
고단한 육신을 누인다.

무촌리 은행나무*

네가 처음 세상에 나와 터뜨렸던 으앙 소리

내가 들었지

아마 검은 안경 쓴 군인이 청와대로 들어간 해였을걸

네 아버지의 아버지의 아버지의 아버지······

그네들의 울음소리도 다 들었지

내 나이가 오백 살이 넘었다니 나도 이제는 늙었나봐

본 것도 들은 것도 너무 많은데 기억이 가물거리기만 하네

난 무촌 동네에서도 제일 키가 높았기에

어느 집이든 다 들여다보였지

정식이네 엄마가 술주정뱅이 아버지 땜에

속을 끓이다 지칠 대로 지쳐 농약을 마셨지

마당에서 뒹굴다 뒹굴다······ 조용해졌고

둘둘 말아놓은 거적대기가 짧아 맨발이 나와 있었지

그 위로 눈물 젖은 감잎이 자꾸만 내려앉더만

숙자네 엄마가 대낮에도 자꾸 이웃 남자를

방안으로 끌어들이길래 저러다 뭔 사단이 나지 싶었는데

아니나 달라 서방이 머리채를 휘어잡고

마당에 내동댕이치는 난리를 쳤었지

그랬던 서방은 쉬엄쉬엄 앓더니 몇 년 있다 가더라고

다 엊그제 일 같구먼,

너도 동무들과 늘 내 그늘에 와서 놀았지

구슬치기, 자치기, 은행 치기도 하고

해지는 줄 모르고 비석 치기, 공기놀이, 땅따먹기, 고무줄놀이도 했지

도둑놈 잡기 놀이할 땐 밤늦도록 내 주위를 맴돌았지

그땐 동네가 늘 시끌벅적했는데

지금은 아이들 재잘대는 소리는 들리지 않고

잘 지어놓은 회관만 들썩들썩한다네

할머니들이 끌고 온 유모차들만 내 그늘 아래서 죽 늘어서 있지

네 엄마 춘천 댁은 허리까지 다쳐서 유모차 없인 마실조차 못 나오지

어릴 적, 코 흘리며 놀았던 동네 아이들이 이제는 어엿한 어른이 되어

내 밑에 와선 한참동안 물끄러미 나를 올려다보고 가곤 하지

참, 많이도 늙었네

그렇지, 나도 그네들도 다 늙었지 이젠

자주자주 와

네 엄니 밭 매다가도 한 번씩 먼 산 바라볼 때가 있더라구

낼모레가 아흔인데 살날이 얼마나 남았다고

---

*경상남도 거창군 남상면 무촌리에 있는 은행나무. 경상남도 기념물 198호. 나무 높이 25m,
수령 500년으로 추정.

방초芳草

어느 강가 먼발치에
터 잡고 앉은 한 무리의 개여뀌
꽃 잔치에 뽑혀가지 못해도
바람에 흔들리다가
이슬 머금다가
흐르는 물소리 베고 누워 오수를 즐기다가
고마리 벗 삼아 얘기 나누다
꽃잎 지는 날
한 생애 홀연히 스러져 간다
이리 쉬운 것을

백일홍

그리운 마음 묻어둔 땅속에서 일어나
이토록 길게
목을 뺀 사람이 얼마나 있으랴

보고픈 마음 담아둔 바람 속에서 흔들리며
그토록 빨갛게
얼굴을 물들인 사람이 몇이나 되랴

이제나 저제나 오시려나
등불 밝힌 처녀들처럼
백일 동안 깨어있을 사람이 어디 흔할손가

기도

팔 벌린 하느님
품 안으로 오라 하는데
난 선뜻 안기지 못하고 돌아선다
뒤꼭지가 따갑다

못 박히신 예수님
다 버리고 따르라 하는데
난 쟁기를 잡고 자꾸 뒤돌아본다.
명치가 아프다

인자하신 성모님
걱정말라 하시는데
난 가지가지 바람이 잘다
마음이 시리다

내가 가지 않아도
나 지칠 때 업어주기도
나 힘들 때 밀어주기도
나 쓸쓸할 때 토닥여주기도 하는
나의 님

베로니카에게

아픔이 있더냐 칼로 베이는
원망이 있더냐 죽이고 싶은
슬픔이 있더냐 강물처럼 깊은
그리움이 있더냐 애간장이 끊어지는

이제 그냥 그냥 살아라
해를 따라 피는 해바라기처럼
추억 따라 도는 바람개비가 되어라

갈대 서걱거리는 강가에 서서
네 맘처럼 붉은 노을이 깔리면
다 타버린 심장 꺼내어 풀무질이라도 해 보아라
어디선가 꺼이꺼이 쉰 울음 소리 들리거든
억새 따라 목이 쉬도록 울어버려라

이제는 돌아와 섬돌 아래 해진 신발 던져놓고

켜켜이 목화송이 깔고 누워

깊은 잠속으로 빠져들어라

잠들고 잠들다 보면 우리 인생도

지나고 지나지 않겠는가?

식구食口

밥 짓는 연기 굴뚝에서 솟아오르면
고봉밥에서도 하얗게 피어오르던 김
숟가락 드나들 때마다 입에서도 핀다

옹기종기 둘러앉았던 두레 밥상 간데없고
개밥에 도토리인 양 놋숟가락 한 개
상현달이 되어 감자 몸뚱이만 툭툭 치고 있다

이런 날에는

발갛게 달뜬 바람이
마음을 두드리는 날엔
닫혔던 빗장을 열고
나서고 싶어라

깃털처럼 부드러운 억새꽃 결에
앙금처럼 가라앉은 깊은 슬픔 헤집고
하얀 그리움 토해내듯
걷고 싶어라

끝이 없는 길 너머에
화인火印처럼 새겨지는 나의 흔적,
먼지 같은 생애를 담아
희망의 지팡이 딛고서
돌아가고 싶어라

가을
보호색

이런 이런······.
남몰래 하는 가슴앓이
차마 부끄러워 고개 숙인
저 산등성이 좀 보아요
어찌 할 거나?
암만해도 장작불같이 뜨거워지는 가슴
차마 돌아서지 못해 눈 흘기던 노을
서산 넘기도 전에 주저앉았다.

산을 위한 노을처럼

노을을 기다리는 산처럼

나는 너에게

너는 나에게

보호색이 되고 싶다.

가을에 사랑을 나누는 사람들

가슴에서 가슴으로

단풍이 들겠다.

11월의
단상斷想

옛 사진첩을 뒤적거렸더니 거기,
고스란히 엎드려 있는 지난 시간들
11월의 어느 날 같을까?
앞으로 가야 하나,
그냥저냥 있어야 하나?

환하기도 하고 어슴푸레한 기억의 저편
꽃잎 날리던 봄날을 지나
추수가 끝난 들판에 서 있어 보았는가?
되돌아 갈 수 있을까,
다시 일어설 수 있을까?

무성한 초록 사이에 꽃송이 달리고
튼실한 열매 여물어가던 그곳에
밑둥만 남아 추억을 쓰다듬는 들녘
오가지도 못하고 허둥대는 사이,
그럭저럭 시간은 흘러가 버리고.

회색빛 하늘을 가로질러 나는 철새 한 무리
본향으로 가는가,
거기 희망이 있는가?
푸석대는 잡초 사이로 시린 바람만 파고드는
11월의 들길을
나는 걸어가고 있다.

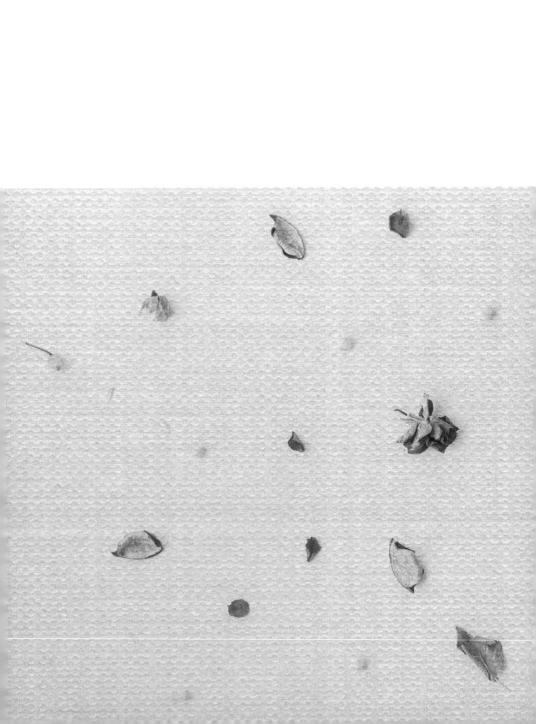

제3부

수필

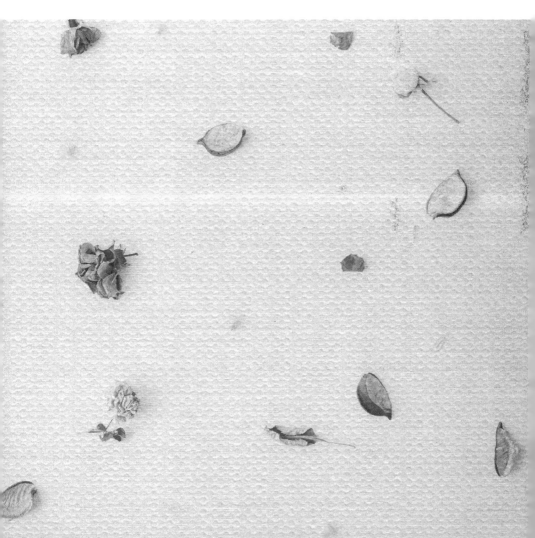

김
완
현

음악과 시

영화 '벤허' 이야기

음악과
시

　요즘은 도시에서도 시詩를 자주 만난다. 시골은 주위 산, 들, 호수, 나무 등 자연에서 시구가 묻어나지만 삭막한 콘크리트 숲 속에서는 반가운 일이었다. 지하철 승강장에서 만나고 행사장이나 건물 벽에서도 만난다. 서점과 매달 배달되는 문학지에도 시가 넘쳐난다. 시인들이 새로 발간한 시집을 보내오고 아마추어 시인들도 책을 보내온다.

　필자는 학창시절 국어교과서와 음악을 공부하며 우리 가곡 가사에서 시를 처음 만났다. 이은상의 가고파와 성불사의 밤, 양주동의 산길, 김소월의 산유화 등 주옥같은 가곡들의 가사가 시였다. 시는 필자가 일생 동안 음악과 동행하는 불가분리 한 정서생활이다.

　대학 시절 음악을 공부하는 강의실 옆에 문예창작과가 있어 가끔 청강을 했었다. 서정주 시인과 박목월 시인, 김동리 소설가 등의 강의였다. 박목월 교수님과는 등교길에서 우연히 만나 시와 음악에 대하여 대화한 기억도 있다. 당시 필자는 음악과 문학, 미술, 영화는 불가분의 예술로 인식하며 공부했다. 당시 강의실의 문창과 학생들은 지금도 기억하는 유명 작가들이다.

　필자는 고등학교를 농업고등학교로 다녔다. 고향이 농촌이었고 당시 시골 도시에서는 농고가 명문교였던 시절이었다. 농사 공부는 어린 시절부터 농촌 환경에서 자연히 체득했으므로 학교에서는 관심 밖이어서 브라스밴드에 들어가 클라리넷을 불었다. 농고에는 농과와 임과, 축산과가 있는데 우리는 '밴드과'라고 불렀다. 자연히 대학도 악기를 전공하는 음대를 택한 것이었다.

고등학교 때부터 서정주의 '국화 옆에서', 윤동주의 '서시', '별 헤는 밤' 이육사의 '청포도', 유치환의 '깃발' 박목월의 '청노루', '나그네' 등등 서정시를 달달 외우고 다녔으므로 문창과 강의실에서 하늘만큼이나 멀고, 다른 세상에 사는 사람들처럼 느꼈던 유명 시인들을 직접 만났으니 필자는 마치 하늘의 천사를 만난 기분이었다. 음대 교수들도 시골 학교에서는 이름만 들어도 선망의 대상이었던 가곡 '가고파'를 작곡한 김동진 교수와 '바위 고개'의 이흥렬 교수 '들국화'의 김대현 교수에게서 직접 교육을 받았으니 학교가 마치 다른 세상인 듯 항상 흥분 속에서 공부했다.

필자는 대학을 졸업하면 반드시 브라스밴드와 악보樂譜를 같이 하는 음악 선생님이나 아니면 연주 활동을 하려고 했었다. 당시 목표는 음악 선생님이었다. 그러나 목표가 빗나가고 말았다. 군대에서 제대하고 교직을 위해 몇몇 학교에 이력서를 제출하고 기다리던 기간이 여삼추如三秋였다. 어려운 환경에서 대학진학을 허락한 편모偏母와 가족에 대한 보상 의무의 조급증 때문에 이상과 현실의 괴리가 심신을 멍들게 했다.

기다리는 동안 대학 다닐 때 추억과 몰래 청강했던 문창과 유명 교수들이 문학에 대한 기억이 필자를 자극했다. 당시 매월 구입하여 읽던 월간문학지 '현대문학'지 영향이었다. 중학 시절의 학생 잡지 '학원'과 '새 벗'을 읽으며 뿌려진 문학의 씨앗이 현대문학지 구독으로 발아發芽했다. 당시는 한국전쟁을 경험한 작가들이 많았다. 전쟁의 상처를 경험한 젊은이들의 현실에 대한 좌절과 불만이 반항적으로 표출되고 있었다. 취직에 절박해진 필자의 마음을 대변해주는 글들 이었다. 필자도 그런 글로 써보고 싶었다. 밤낮을 가리지 않고 글을 읽고 대학노트에 습작을 써댔다. 그리고 원고로 정리하여 신춘문예 에 응모했다. 주제 파악을 못 한 도전 결과는 낙방이었다. 좌절보다 는 '그러면 그렇지, 나팔장이가 언감생심焉敢生心 소설가라니' 싶은 마 음에 소설가 꿈도 거두었다. 그리고 서둘러 고향을 탈출했다.

일시적인 도피처라며 부산에 있는 식품생산회사에 취직했다. 그 리고 일 년여 후 서울의 본사로 전출되고 도심의 고층빌딩 홍보실 에서 근무했다. 제품 판매를 지원하는 홍보 업무로 매스미디어(방송, 신문잡지, 광고)를 상대하는 부서였다. 음악(CM,SONG)과 문학(카피라이 티)과도 밀접한 업무이어서인지 회사 생활에 쉽게 적응했다. 하루 업무가 끝나면 종종 협력사 전문가들과 홍보 논의를 위한 미팅 시 간이 좋았다. 미팅 후의 회식 때에는 술도 있었다. 술자리는 미팅 의 주제인 홍보 관계 외에 다양한 대화의 장이 되었다. 술은 대화 의 장에서 화제를 풍부하게 해주고 사회에 대한 불만을 토로하게 해주는 위력도 있었다. 한편 정치(유신 시절)나 사회현실에 대한 불만 을 일시적이나마 해소해주는 마약과도 같았다. 그런 시간을 보내 고 귀가하면 대화를 생각하며 글쓰기가 뒤따랐다. 마치 습관처럼 그런 생활의 연속이었다.

예나 지금이나 자본주의사회 모든 분야에는 신분身分이 있다. 직장도 그렇고 사는 동네에서도 신분에 따르는 소득의 차이로 차등 속에 살기 마련이다. 서울이 고향이 아닌 말단 사원들은 우선 주거가 문제였다. 결혼하면 하숙을 떠나 셋방살이에서 살다가 전세로, 자기 집 마련으로 발전하는데 그 기간이 길고 여간 어려운 게 아니었다. 그렇게 생존경쟁 속에 부대끼며 앞만 보고 살다 보면 문득 세월이 빨리 흘러가 버렸음을 깨닫는다. 필자도 생존경쟁 속에서 세월의 열차에 실려 그렇게 흘러 흘러왔다. 그리고 생활 전선에서 은퇴했다. 은퇴하고서야 비로소 돌아보는 지나간 세월의 기억은 갈수록 선명도가 퇴색하고 짧아진다. 다행히 변하지 않는 것은 그동안 적어놓은 기록들이었다. 남아 있는 기억과 씨름하며 기록들을 정리하던 중 지인들의 권유로 문단에 수필로 등단했다.

그동안 전공인 음악은 오디오시스템과 음반을 구입하여 들으며 만족해야 했다. 그래도 마니아 수준 소리를 들었다. 이제는 덧없이 흘러가 버린 과거를 돌아보면서 눈앞에 하루하루 줄어드는 미래를 위한 정리가 시작되었다. 문단 동료들과 선배 문인들과 교류하면서, 월간문학지와 계간문학지를 통해 문인협회 회원들의 글을 읽는 게 즐겁다. 한편으로는 동호인들이 펴내는 동호회지에 글을 싣고, 필자가 소속된 사회단체회지에 수필을 연재하고 있다. 그간 읽지 못했던 책들을 구입하니 항상 책 속에 묻혀 산다. 하루가 모자랄 정도이다. 여러 문학지에서 한국 문단의 현실과 발전사와 변화의 감지가 흥미를 더해준다.

최근 여러 문학지에 실린 문단의 동향이 나의 기억을 50년 과거로 돌려 세운다. 60~70년대의 문학이 그립다. 시도 그렇고 소설도 그렇다. 현대의 작품들도 작가로서 심혈을 기울여 쓴 역작力作이겠지만 일부 작품들은 콘텐츠가 모호한 작품들이 보인다. 시에도 악상이 떠오르지 않는 작품들도 많아 섭섭하다. 정서적 표현이 많이 달라졌다. 너무 이해하기가 어려운 시가 많다. 심지어 지은이도 무슨 뜻인지 모른다고 하는 시도 있다고 한다. 지금 젊은 독자들은 시를 머리 굴리며 이해하려 하지 않는다. 책장을 넘겨 통과해버리거나 아예 책을 덮어버린다. 음악계나 미술계도 비슷하다. 난해한 현대음악이나 그림은 외면당한다. 어떤 평론가는 아방가르드(전위) 예술도 필연적으로 겪어야 하는 예술의 사조思潮라고 한다. 과연 그럴까? 필자는 현대사회에 만연한 개인주의와 물질지상주의에서 비롯한 불안정한 정서의 산물이 아닌가 생각하고 있다.

한편에서는 예술도 다시 복고復古한다는 말도 나온다. 예술의 사조도 순환을 한다는 말이다. 마치 동그란 원처럼 미래는 과거와 연결된다는 논리일까? 제발 그러기를 바라고 싶다. 선율이 아름답고 이해하기 쉬운 음악, 콘텐츠가 확실한 시, 소설, 그런 낭만적인 예술작품이 다시 많이 나왔으면 좋겠다. 그러면 서점도 늘어나고 책도 많이 팔리리라. 이해하기 어려운 가사에 불협화음이 난무하는 음악보다 좋은 시와 어울려 듣기 좋고 이해하기 편한 현대음악을 듣고 싶다. 그러려면 정치와 사회가 안정되고 물질만능주의 양극화 세상이 개선되어야 할지 모르겠다. 그래도 기다려야 한다. 시간은 흐르고 아직 미래가 있기 때문이다.

2016. 7. 23

영화
'벤허' 이야기

57년 만에 리메이크한 영화 벤허를 봤다. 벤허는 루 월리스의 원작소설 '벤허 그리스도 이야기'를 영화화한 것으로 첫 번째 작품은 1925년 개봉한 무성영화였고, 두 번째 작품은 1959년 개봉한 윌리엄 와일러 감독의 대작으로 70미리 대형영화였다. 이번 2016년에 개봉한 영화는 세 번째 작품으로 티무르 베크맘베토브 감독 작품이다. 줄거리는 서기 26년 로마제국시대 예루살렘을 배경으로 유대 귀족인 유다 벤허 가문과 벤허의 친구 로마인 메살라와의 관계 이야기로 파란만장한 서사시이다. 우정과 배신, 복수이야기를 유대인과 로마의 갈등, 예수의 탄생과 탄압을 배경으로 전개된다.

1959년에 개봉한 벤허가 아날로그 영화라고 한다면 2016년 벤허는 디지털 영화라고 해야 할까? 필자의 결론부터 말하자면 작품 완성도와 감동 면에서 윌리엄 와일러 감독의 벤허가 잘 만들어졌다. 필자가 벤허를 처음 감상했던 퇴계로 대한극장에서 봤는데 그때가 1960년 2월이었으니 56년만이다. 대한극장은 당시는 지금처럼 멀티플렉스 극장이 아니고 2층으로 2,000석의 대형극장이었었다. 스크린도 국내에서 유일하게 70미리 초대형으로 설치되어 있었다.

당시 벤허는 상영시간이 213분(3시간 33분)으로 최장시간이었고 70 미리 화면에 입체음향이었으니 영화 내용은 물론 모든 면에서 관객들을 압도했다. 표준화면과 모노 음악에 익숙했던 관객들은 시네마스코프라는 대형화면을 만나고 드디어 70미리 초대형화면을 대하면서 심신이 화면에 몰입하는 기분이었다.

전작에서 특히 기억에 남는 장면을 순서대로 기억해보면 유다 벤허가 친우 메살라의 배신으로 노예 선에 팔려가 살 기위해 절치부심하는 증오의 눈동자이다. 그리고 영화의 클라이맥스라 할 수 있는 전차경주 장면이다. 경주 후 벤허가 부상 당한 메살라를 찾아가고 메살라가 죽으면서까지 반성을 하지 않고, 벤허의 모친과 누이가 나병에 걸려 동굴에 있다고 폭로하며 벤허에게 게임이 끝나지 않았다고 저주하는 장면, 벤허가 동굴을 찾아가 문둥병에 걸린 모친과 누이를 상봉하는 장면 등이다.

최근작에서도 그런 주요 장면은 나오지만 전작과 비교해 감동이 덜한 것은 전작의 완성도와 찰톤 헤스톤의 중후한 연기력 때문일 것이다. 그리고 2016년 작품은 전작에서는 대화뿐인 내용을 장면으로 삽입하고 여러 중요장면을 줄이거나 삭제하여 아쉬움이 남는다. 마지막 장면에서 메살라가 벤허에게 용서를 구하고, 살아나서 벤허와 다정하게 말달리는 장면은 전작과는 전혀 다른 설정으로 벤허를 아는 시청자들을 어리둥절하게 한다.

영화를 보기 전에 이번 새로 만든 벤허는 시간도 단축하고 기술적으로 어려운 장면은 컴퓨터 그래픽 처리했으려니 하는 선입견이 있었다. 때문에 필자의 경우는 영화에 몰입보다는 그런 흠집(?)을 찾으려는 생각이 있었는지 감흥이 반감되었다. 그러나 1959년 벤허와 2016년 벤허의 차이점을 비교하는 재미는 있었다.

영화가 끝나고 역시 최근 영화 산업 추세에 따라 상영 시간 관계상 스토리를 단축하고 주요 장면만을 강조하는 감독의 연출 의도는 이해할 수 있었다. 내용도 부분적으로 원작과 달리 한 것을 우리 같은 올드팬들은 알지만 젊은 관람객들이야 모르리라. 전편과 다른 내용은 전술한 장면 외에, 벤허의 가족이 로마 총독의 행진 장면을 보다가 벤허의 여동생이 실수로 기왓장을 떨어뜨리는 장면을 로마군에 불만인 한 유대의 젊은이가 활로 총독을 쏘는 것으로 설정한 것과 벤허가 노예 선에서 로마함대 집정관의 배려로 해전 중 탈출하고 집정관을 구해주어 집정관의 양아들이 되는 장면도 생략되었다. 벤허 스스로의 노력으로 살아나는 것으로 되어있다.

특히 벤허가 모친과 누이동생이 있는 나병 환자들의 동굴을 찾는 장면은 중요한데 전편에 비해 감동이 훨씬 덜했다. 마지막 장면도 해피엔딩을 위한 것으로 메살라가 벤허에게 용서를 구하는 장면은 종교영화를 강조하기 위한 감독의 작위적이라는 생각이 들었다. 아무튼 영화란 상업적 요소도 중요한 만큼 이번 영화는 전편과는 달리 컴퓨터 그래픽 등 21세기 영화제작기술을 총동원했을 터이다. 같은 벤허라는 소설이 줄거리지만 부분적인 내용변경의 아쉬움은 상업적인 정황으로 이해를 할 수밖에 없었다.

최근 영화를 보면 감상자들의 심성을 고려하는 감독들의 노력이 보인다. 소설처럼 사소한 부분까지 화면에 담는다면 올드팬들은 좋아할지 모르지만 젊은 팬들은 지루하게 느낀다고 생각할 것이었다. 때문에 스토리를 과감하게 축소하여 팬들에게 전후를 유추로 이해하도록 하는 것이다. 그러므로 어떤 영화는 완성도에 문제가 발생한다. 솔직히 최근 영화들은 예술영화로서는 완성도 측면에서 수작이라고 할 만한 영화가 많지 않다. 필자는 최근에는 영화를 수집하면서 극장에서 흥행에 성공한 작품과 평론가들이 좋은 점수를 준 작품 위주로 수집하고 감상한다. 그런 작품도 필자의 기준에 의해 미흡하면 과감하게 버린다. 한때는 무조건 구입했는데 최근에는 사전에 선별하고 있다. 특히 액션 영화나 스릴이나 공포 영화 쪽에 그런 영화가 많고 SF영화도 내용이 황당한 영화들은 제외하고 있다.

왜 최근 영화는 지나친 폭력과 음란 장면과 허무맹랑한 내용이 많은지 모르겠다. 젊은 관객들의 심성(취미)을 반영한(디지털 게임) 것인지 모르지만, 사실과 지나치게 괴리된 내용은 결코 바람직하지 않다. 우리는 흔히 영화를 종합예술이라고 말해왔다. 그런데 예술은커녕 인간의 정서를 병들게 하는 영화를 만드는 사람들이 문제이다. 영화의 본질에 대한 모독이 아닐 수 없다.

필자가 영화에 관심을 갖고 감상한 것이 1950년대부터니 벌써 60여 년이 되었다. 그 기간 동안 영화와 음악, 문학작품은 계속 감상하고 있다. 그런 예술세계 속에 살아왔다. 그간 수집해 소장한 영화만도 5,000여 편이니 마니아 수준인지 모르지만 괜찮다는 영화는 거의 소장하고 있다. 솔직히 소장한 영화도 다 감상한 것은 아니다. 그래서 틈나는 대로 하루 한두 편씩은 보는데 최근에는 도입부나 전반부를 보다가 마음에 들지 않으면 폐기시킬 때가 많다. 수집하는데 적지 않은 자금을 투자했는데, 그래도 과감히 폐기하는 것은 그간 구입할 때 세심한 주의를 하지 않은 자책과 함께 필자의 후손들이 봐야 하기 때문이다. 그렇게 고르면서 보면 근래의 작품 중에 불량 작품이 많다는 것을 발견한다.

2016년 작 벤허를 보면서 1959년 작 벤허가 오버츄어(Overture) 자막과 함께 장엄하게 울려 퍼지던 미클로스 로져가 작곡하고 심포닉 오케스트라가 연주한 전주곡이 떠올라서 신작 벤허의 도입부부터 다른 느낌을 받았다. 벤허는 종교영화이고 고전 영화이므로 전작의 음악은 클래식한 음악이었다. 지금도 음악 감상용으로서 사랑받는 전작 벤허의 주제음악이 그리웠다.

필자는 아날로그 인생이다. 비록 지금은 디지털 세상(?)에 살고 있지만 아날로그 음악과 영화를 그리워하며 산다. 그렇다고 디지털기기를 외면하고 살지는 않고 아날로그습성도 버리지 못하므로 앞으로는 주제 파악을 하며 살아야겠다. 영화나 음악이나 모든 예술을 만나려면 사전에 마음의 준비를 하고 만나려고 다짐한다.

2016.9.24.

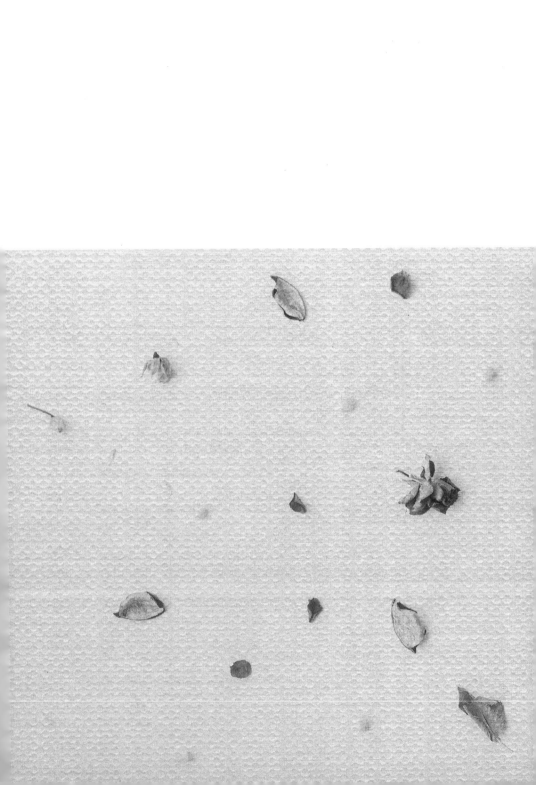

제4부

소설

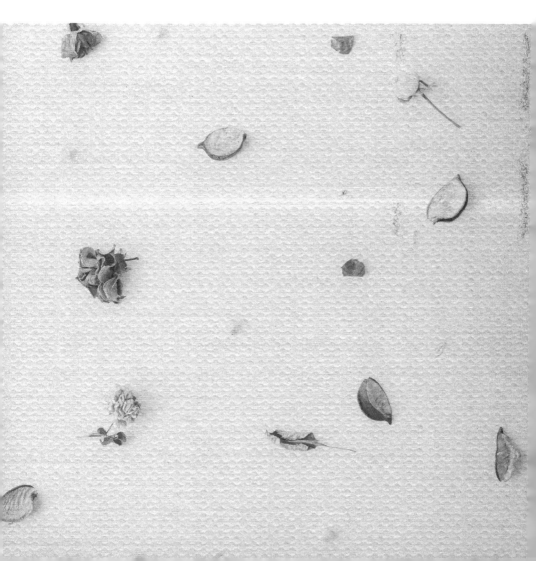

마지막 스텝
무허가

마지막 스텝

혼자서 가는 길이 능숙하지 못하니 연륜이 깊을수록 친구가 그립다. 자꾸만 멀어져가는 인간관계가 아쉽기만 하다. 피를 나눌 친구가 있으면 얼마나 좋으련만 내겐 없다. 있었으면 하고 있을 것 같은, 있다면 봉순이처럼, 석환이처럼 절친한 관계를 그리고 싶었다. 글쎄 다 제대로 했을 리가 만무하다. 없는 것을 있는 것처럼 그리려니 무척이나 고역스러웠다. 다시 태어나면 그런 친구 하나를 꼭 만들어야겠다. 우정을 표하려고 겸손을 앞세웠으나 읽고 난 뒷소리를 들어보지 못한 채 오리 알 떠가듯 가고만 있다. 무작정 혼자서 끝이 어딘지도 모르고 이대로 자지러질 수만은 없다고 몸부림한다. 오늘도 강 건너 희망의 등불을 그리워하며.

1

내겐 소중한 친구가 있다. 초등학교 동창생이고 오십 년은 넘게 아무 탈 없이 싸움한 번 안 하고 지내온 우리는 만나면 언제나 행복해한다. 행복은 모든 걸 이해시켜준다. 누군가 피가 모자라 죽을 지경이라면 서슴지 않고 서로 뽑아줄 사이다. 우리는 누가 먼저 말하든 말문을 열면 이야기하는 도중에는 끼어들거나 긴 이야기를 밤 새워 한다 해도 절대로 말문을 막지도 자르지도 않는다. 언제나 상대를 존경하고 배려하며 지냈다. 무슨 말을 하던지 간에 거역하거나 화를 내고 나무란 적도 없다. 수십 년을 지내왔지만 한 번도 언짢아해 본 적이 없다. 친구에 이름은 봉순이다. 박봉순 헌데 오늘만은 예외였다. 내 분신을 건드렸다. 짧아진 내 왼쪽 다리는 일생을 두고 나를 지탱해주었다. 자존심을 망가트린 건 봉순이다. 노인이 되어 처음으로 격돌하게 되었다.

춤을 배우러 다니자는 것인데 사교댄스라고 하는 봉순이 말에 나는 화가 났다.

내 마음속 가장 밑바닥부터 꿈틀대고 올라오는 울화는 참을 수가 없었다. 얼굴이 화끈거리고 스물스물 올라오는 화를 말은 못하고 얼굴을 세수하듯 마구 문질러댔다.

나는 소아마비 환자다. 왼쪽 다리를 약간 절룩거리며 걸음을 걷는다. 평범한 사람과 걸음걸이가 다르다. 약간이라 했지만 어렸을 땐 그냥 다리 병신이라는 소리를 들으며 자랐다. 내겐 보이지 않은 열등의식이 머릿속에 가득하다. 그보다 머리끝에서 발끝까지 빈틈 없이 차 있다. 춤을 배우자는 말을 들었을 때 학창시절이 떠올랐고 반 친구들이나 하물며 동래 아이들한테 겪었던 수모와 어쩔 줄 모르던 황당했던 순간들이 만화 속처럼 살아났다. 몸이 부들부들 떨리고 두 주먹을 불끈 쥐고 봉순이를 잡아먹을 듯 눈을 부릅떴다. 나를 본 봉순이가 말했다. "나는 이 세상에서 가장 친한 친구가 너야 너와 함께라면 무엇이든 같이하고 싶어." 그 소리를 듣는 순간 나는 머리를 쥐어짜며 울음이 터졌다.

슬픈 눈물이 손가락 사이로 마구 삐져나왔다.

"왜 하필 춤이냐고 다리 병신인 줄 알면서?"

"그렇지 않아 너는 병신이 아냐."

"왜 아냐?"

"왜? 너는 하나밖에 없는 내 친구니까."

"친구가 병신인데도 병신이 아니라니 그게 말이 돼?"

"되지"

"이 새끼야. 뭐가 돼. 이렇게, 이렇게 찔룩거리잖아? 병신 다리를 보고 있으면서 병신이 아니라니?"

나는 마구 찔룩거리다 두 주먹을 불끈 쥐고 봉순이 얼굴을 내리쳤다. 봉순이는 나를 공격하지 않았다. 억센 팔로 나를 껴안았다. 아주 힘껏 봉순이가 흐느끼고 있었다.

둘은 말없이 끌어안고 울었다. 봉순이가 입을 열었다. "나는 네 마음을 알아, 너는 내 마음을 모르겠지만." 어떤 말로도 그 말에 대답할 수가 없었다. 나는 봉순이 가슴에다 머리를 짓이겼다. 친구한테 처음으로 욕을 하고 주먹질을 하고 말았다.

얼마 후 나는 마음이 안정되었으나 봉순이한테 미안한 마음을 어찌 할 수가 없었다. 내 딴엔 너스레를 떨어가며 속 보이는 소리로 봉순에게 다가섰다. 나는 이 세상에서 네가 있다는 것이 얼마나 행복한지 모른다. 무엇으로도 바꿀 수 없는 하나 밖에 없는 친구라고 말했다. 네가 있으므로 내가 존재한다고도 말했고 만약 네가 죽어 이 세상에서 없어진다면 나도 당장 따라 죽겠다고 말했다. 지금이라도 같이 죽자고 한다면 당장 허락하겠다고 말하자 "정말 따라 죽을 수 있니?" 봉순이가 물었다. 내가 머리를 끄덕하자 고맙다고 대답했다. 자기도 같은 마음이라며 딴 세상으로 가는 날까지 싸우지 말자고 내 손을 잡아주었다. 그러면서도 한편으로는 춤을 배워야 하는 필요성을 강조했다. 배우게 되면 술 담배도 끊을 것이고 자주 만날 수 있고 그것도 분위기 좋은 데서 온몸운동이니 건강에도 좋다고 등록할 것을 은연중 내비치고 있었다. 나는 침묵했다. 봉순이도 그 이상은 말하지 않았지만 함께 문화원에 다닐 것을 일방적으로 결정하고 있었다.

2

나는 봉순이 고집에 억지로 끌려가고 말았다. 마음이 조급하면서도 움츠러들었다. 먼저 춤을 가르치는 선생한테 내 입장을 의논하고 접수할 것을 봉순에게 다짐했다. 나 같은 소아마비 환자도 댄스 공부를 할 수 있나를 타진해 보는 일이 먼저였다. 공연히 배워서 보는 이들한테 우습게만 보인다면 배우는 것을 취소하는 것이

옳다고 생각했다. 그렇게 되면 봉순이 혼자 배우라 하고 나는 빠질 생각이다. 춤 선생이 나와 같은 입장에 있는 사람도 가르쳐본 경험이 있는지 솔직한 심정을 털어놓고 냉철한 판단에 따라 접수하고 안 하고를 결정하기로 했다.

가르치는 선생의 성은 임 씨다. 봉순이는 문화원에 전화하여 임 선생과 사전면담을 약속하고 우리는 문화원으로 출발했다.

알 수 없는 기대감에 미쳐있는 사람들처럼 허겁지겁 달려갔다.

임 선생이 날 보고 걸어보란다. 나는 작게 그의 주위를 한 바퀴 돌았다. 그 정도면 언젠가 배워나간 학생보다 심하게 한쪽으로 기울지 않아서 상체를 똑바로 세워준다면 배우는데 큰 지장이 없다는 것이다. 어떻게 하면 상체를 똑바로 할 수 있냐는 내 질문에 선생은 가슴을 약간 앞으로 당겨보라고 했다. 나는 즉시 당겨서 걸어 주었다. 조금은 덜 기울어 보인다고 그는 만족해한다.

키가 작은 편이긴 하나 나보다 더 작은 여성이 많다며 키가 큰 파트너 보다는 자신의 키에 맞는 여성을 파트너로 정하는 것도 중요하다고 했다. 선생은 내 발등을 내려다보며 댄스화를 신으면 연습할 때 도움이 된다는 것과 배우러 올 때도 잠바를 입고 오는 것보다는 남방이나 티셔츠를 입는 것이 예의상 좋다고 했다. 선생은 또 신체적으로 다리 말고 다른 곳이 아프거나 불안전한 데가 있느냐고 묻더니 지금까지 꾸준히 먹어오는 약이 있느냐고도 물었다. 나는 왼쪽 발이 약간 짧아서 그렇지 신체가 이상한 곳이 있거나 특별히 먹는 약도 없다고 대답했다. 춤을 배우는 데는 감각도 중요하다며 리듬을 타는 습관을 들여야 발이 자연스럽게 움직인다고 말했지만 무슨 뜻인지 이해하지 못했다.

선생은 또 춤을 잘 추는 사람은 파트너를 편하게 리드해 주는 사람이 춤꾼이라고 했다. 임 선생은 겁먹을 것 없다며 등록하면 자신 있게 가르칠 수 있다고 기쁘게 웃어주었다. 세상에 이런 일도 있다는 걸 처음으로 알았다. 딴 세계에 들어온 것처럼 흐뭇하고 고마웠다. 봉순이를 따라온 것이 잘했다고 생각되었다. 봉순이가 내 얼굴을 쳐다봤다. 접수하자는 말을 눈빛으로 하고 있었다. 나는 못 이기는 척 고개를 끄덕였다. 아가씨한테 접수를 원했다. 1인당 3개월 치가 5만 원인데 8월에 왔기 때문에 7월은 빼고 8월, 9월 두 달치 3만4천 원이고 수업은 일주일에 하루 한 시간이라고 했다. 나와 봉순이는 3만4천 원씩 지불했다. 아가씨가 영수증을 끊어줬다. 영수증에는 맨 위에 수강증(영수증)이라 쓰여 있고 강좌명은 실전 사교였다. 우리는 성명, 주소, 연락처를 기입했다. 금액은 아가씨가 적었고 맨 하단에는 '위 금액을 수강료로 정히 영수합니다. 만약 환불을 요구할 시는 영수증을 지참하시기 바랍니다' 라고 쓰여 있었다.

봉순이가 그 부분을 가리키며 절대로 환불은 안 할 거라고 말했다. 우리는 접수하는 날부터 수업에 들어갔다. 학생들은 수업하기 전부터 미리 와 연습하고 있다고 임 선생이 말했다. 나와 봉순이는 사무실에서 나왔다. 밖에 온도가 35도다. 강당 문을 열고 안으로 들어서자 냉방된 차가운 공기가 전신을 감싸왔다. 입구에서 2m 정도는 타일 바닥이고 전체 홀은 30평은 더 되어 보였다. 10cm 정도의 높이로 강당 전체를 나무 바닥으로 깔아 놓았다. 마루는 짙은 황토색으로 반들반들 윤이 나게 칠이 되어 미끄러워 보였다. 입구 정면으로 보통사람 키보다 조금 높게 벽 전체를 거울로 붙여 놓았다. 배우는 이들의 발동작이며 몸동작이 거울 안에 비춰지고 있었다. 좌측 구석으로는 대형 에어콘이 시원한 바람을 내보내고 있었다. 에어콘 옆 양쪽으로 두 개씩 거울용 스팀 난로가 설치되어있고 드문드문 벽을 기댄 의자들이 십여 개는 놓여 있었다. 수업이 시작되기 전 20명 정도의 학생들이 자유롭게 연습하고 있었다. 모두 신을 신고 마루로 올라갔기 때문에 나와 봉순이도 신은 채로 마루로 올라섰다. 거울 속에는 음악도 없이 리듬을 타면서 내가 들어가는 모습이 거울 속에서 움직이고 있었다. 쩔룩거리는 내 모습을 본 나는 열등의식이 얼굴로 올라왔다. 임 선생 말이 떠올랐다. 남을 의식하지 말라고 한 것을 그러나 지금은 모든 이들의 눈빛이 크게 클로즈업 되어 거울 밖으로 쏟아져 나와 나를 집중하고 있는 것처럼 느껴졌다. 선생은 우리를 학생들 앞에 소개하지 않았다. 기초를 배우며 연습하고 있는 몇 명이 서 있는 구석으로 봉순이와 나를 합류시켰다. 그럴 수밖에 없다는 것이 임 선생의 말이다. 우리는 첫 달을 빼먹고 왔기 때문에 기본도 모르고 있었다. 선생이 말하는 중에도 내 눈은 자꾸만 거울 속으로 가고 있었다. 나는 거울 속을 외면하려고 반대 방향으로 서 있었지만 춤은 돌면서 추는 것이라 금방 거울 속을 볼 수밖에 없었다. 결국 그 속에서 한 치도 빠져나올 수 없다는 것을 아무도 이야기해주지 않아도 느낌으로 알았다.

임 선생은 먼저 들어온 한 학생을 소개했다. 그 학생한테 기본이 되는 기초를 봉순이와 나에게 선도하라고 말하고 선생은 학생들이 많은 곳으로 옮겨갔다. 먼저 들어온 학생은 박 일선이라고 소개했다. 내 나이보다 적게 보였다. 나와 봉순이에게 느린 동작으로 시범을 보였다. 발짝은 좁고 짧게 옮기는 것을 강조했다. 왼쪽으로 왼발을 옮긴다. 옆으로 왼발이 나갈 때 '준'이고 오른발이 쫓아가면 '비'이다. 준비하면서 왼쪽으로 물러선다. 준비 상태에서 오른발을 짧게 뒤로 백하고 '하나' 왼발이 따라붙으며 '둘' 한다. 발이 모인 상태에서 오른발이 앞으로 원위치하면서 '셋'이 되고 왼발이 따라붙으며 '넷'이 된다. 다섯이 중요하다. 왼발이 90도로 방향을 바꿔 내놓으면서 '다섯' 하고 오른발이 따라붙으면 '여섯'이 된다. 여섯으로 방향을 바꿔 놓은 상태가 기본스텝 자세라고 박 선배가 가르치고 있었다.

나는 지금 춤을 배우며 '준비' 하고 '하나' 할 때 그만 서 버렸다. 알 수 없는 비웃음과 슬픔이 교체하면서 나 자신을 조롱하듯 발 바닥에 쥐가 났다. 어디선가 환청으로 들려오고 있었다. 누군가 내게 '병신 육갑하네' 라고 비웃고 있었다. 그 말을 듣는 순간 주저앉고 말았다. 봉순이가 놀라며 부축했다. 나는 거울 속 시선을 의식했다. 벌떡 일어났다. 코에 침을 발랐다. 시선이 두려웠다. 선생 말이 생각났다. 사람들을 의식하지 말라는 충고가 번개처럼 떠올랐다. 나는 다시 시작했다. '준비' 하고 다시 '하나 둘 셋 넷 다섯 여섯'에 방향이 바뀌지지 않았다. 박 선배는 또 시범을 보였다. 90도로 바뀔 때까지 계속 돌았다. 나는 누구도 의식해서는 안 된다고 결심하고 있지만 90도 방향은 쉽게 바꿔지지 않았다. 방향이 바뀔 때까지 돌았다. 안될 때 마다 거울 속에서 배우는 학생들의 눈동자가 나만을 감시하고 있었다. 어설프게 다리를 절어가며 스텝을 쫓아가는 내 모양을 그들은 비웃으며 쏘아보고 있었다. 그 중에 어느 한 눈과 마주쳤다. 낯익은 얼굴이다. 무섭도록 나를 쏘아보며 두 눈을 부릅뜨고 있었다.

나는 그가 임 선생인 것을 알아냈다. 그의 눈을 피하며 열심히 발을 옮겨놓았다. 몸을 앞으로 약간 당긴 자세로 절름거리며 짧은 발을 움직였다. 그리고 두 팔을 힘껏 휘저어댔다. 선생이 내 앞으로 다가왔다. 못마땅한 눈초리로 나를 바로 세웠다. 순서를 확실하게 외워서 천천히 가는 길을 떠올리며 의식적으로 자연스럽게 발이 움직일 때까지 어린아이가 걸음마를 배우듯 한 발짝 식 떼어놓으라고 가르치고 있었다. 나는 오늘 어려운 결단을 내렸다. 연습은 했으나 기억에 남은 것도 외워진 것도 하나도 없었다. 그렇게 하루를 마무리하면서도 가슴속에 절여오는 것이 꼬리를 물었다. 그것은 봉순이와의 문제였다.

3

나의 흥분은 쉽게 가라앉지 않았다. 머리에서 떠나지 않는 봉순이에 대한 실수가 커다란 잘못을 저질렀다고 후회하고 있었다. 이 세상에 존경해야 할 봉순이한테 욕설을 하고 주먹을 휘두른 처사는 그에게 정말로 잘못한 것을 머리 숙여 뉘우치고 또 뉘우쳤다. 내가 봉순이를 찾아간 것은 마음을 비울 때가 없어 하소연하러 간 것인데 입이 떨어지지 않아 몇 시간을 쭈뼛거리다가 말 한마디 못하고 돌아서려는 나에게 사교댄스를 배우자고 제안했었다. 나는 그때 또 한 번 애절한 고통을 떠올리게 되었고 참을 수 없는 고역스런 순간이었다. 끝내는 내가 하고자 하는 사연은 꺼내보지도 못하고 봉순이한테 상처만 남겨 놓은 셈이다. 지금 생각해도 말 안하고 온 것이 잘했다는 생각도 들지만 나로서는 하소연도 못 하고 실수한 죄로 썩 내키지 않는 문화원까지 등록한 것이다. 봉순이가 사교댄스를 배우자는 소리에 한 달 전 겪었던 일이 폭포수처럼 쏟아졌기 때문이다. 그때 나는 해가 질 무렵 길을 가다가 골목으로 잡혀 들어갔다.

막다른 골목에 갇힌 짐승이 되어 숨소리조차 제대로 쉬지 못하고 수없이 당하기만 했었다. 끌려 들어간 나는 가진 게 아무것도 없었다. 그래서 더욱 거지로 보였는지도 모른다. 그들은 서투른 우리말로 욕지거리와 주먹과 발길질을 수없이 해댔다. "병신 육갑하네 병신 달밤에 댄스 하네." 놈들에게 발길질과 매질보다 더 아픈 것은 서툴게 뱉어내는 욕지거리였다. 지금도 생생하게 귓속에 머물러있다. 서울 한구석에 이런 곳이 있다니 그때만 해도 깊은 밤은 아니었다. 그곳은 한국 사람이 아닌 다른 나라 사람들이 밀집된 곳이다. 해가 지면 찾아갈 수 없는 무서운 서울의 골목이 되어있었다. 이 천 년 들어 이백오십만이나 되는 외국인들이 우리와 함께 살고 있다는 현실이 내겐 섬뜩하기만 했다. 내가 그때 살아남은 것은 다리 병신이 된 장애자였기 때문에 동정심으로 살려준 것인지는 지금도 알 수 없지만 나는 죽음 직전에서 살아 나왔다. 이 이야기를 아무에게도 말 한 마디 못 했으나 오직 봉순이 한 테는 털어놓고 싶었다. 절름발이로 살아와 남에 눈치와 경계심이 누구보다 강했다. 봉순이한테 만은 늘 그보다 더한 일이 있어도 털어놓고 서로 위안을 주고받았었다. 그때 골목에서 벌어진 일은 이젠 비밀이 되고 말았다.

4

한쪽으로 두 번 쏠리는 스텝은 하지 말아야 한다고 임 선생은 내게 부탁처럼 일렀다. 좌로 비켜서는 첫발부터 몸 균형이 기우뚱해진다. '준'하고 입속으로 말하면서 왼발이 옆으로 나갈 때 기우뚱한 자세에서 오른발을 갖다놓으면 '비'할 때 또 한 번 기우뚱하지 말라고 했지만 나는 그의 말처럼 되지 않았다. 임 선생은 두 번 기우뚱하는 스텝을 한 번으로 하는 습관을 가져 보라고 했다. 가슴을 앞으로 약간 당긴 자세에서 왼발을 좌로 비껴놓고 기우뚱할 때 빠른 속도로 살짝 오른발을 붙이라는 것이다. '준' 하면서 왼발을 좌로 짧게 좌측으로 약간만 내놓는 둥 마는 둥 움직여놓으라고 했다. 임 선생이 '준' 하면서 왼발을 좌측으로 내놓았다. 내가 내놓은 폭보다 열 배는 적게 내 논거 같았다. 중요한 것은 마음속으로 '준' 하고 '비'하는 것과 '하나 둘 셋 넷'을 살짝 찍고 방향을 바꾸는 연습을 머릿속에 외워서 스텝을 밟아야 한다는 것이다. 바로 이것이 지루박이라고 했다. 조금만 움직이라는 것은 전혀 발을 떼놓지 않고 제자리 걸음을 하라는 것은 아니고 조금씩 짧게 발을 살짝살짝 떼지 않으면 박자가 맞지 않아 수시로 방향을 바꾸는데 지장이 온다고 항시 발을 움직여 박자를 맞춰줘야 방향이 틀어진다며 중요하다고 가르쳤다. 박자를 무시하고 스텝을 밟으면 수시로 파트너의 가는 길을 막거나 몸이 엉키게 되는데 그렇게 되면 파트너에게 불쾌감을 주고 리드하는 남자는 무시당하며 파트너가 춤을 추다 말고 인사를 하고 나가버린다는 것이다. 스텝 실수로 퇴짜를 맞는 셈이다. 춤은 뭐니 뭐니 해도 파트너를 피곤하지 않게 기분 좋게 편하게 리드하는 것이 중요하다고 가르쳤다. 결국 발동작은 항시 육박을 정확히 찍는 연습이 중요하다고 지적했다. 처음부터 확실히 배워야 춤의 자세와 기본이 습관화됨을 강조했다. 그러나 나는 가르치는 대로 되지 않았다. 발과 다리 몸체가 생각대로 따라주지 않았다. 임 선생은 나만 진지하게 가르쳐주었다. 더욱이 한 번도 장애자라는 말을 하지 않았고 쩔뚝거린 다거나 절름발이라는 말은 쓰지 않았다. 그는 기우뚱 이란 표현으로 항시 내 속을 들여다보는 눈초리로 보였다. 나는 임 선생의 말투나 가르치는 모습에서 손짓 하나까지도 예리하게 받아들이고 있었다.

신경을 안 쓰고 여유를 가지려 해도 선생 앞에서는 긴장이 되는 것은 어쩔 수가 없었다. 그래도 임 선생이 고마울 뿐이다.

5

배우고 또 배워도 한주 지나고 나면 또 잊어버렸다. 임 선생은 나보고 잊어먹었다고 말하는 것만이 장땡이 아니라고 하다가 대수냐고 물었다. 지난주에 배운 것을 자꾸 연습해야 한다며 잊었다 해도 진도는 나가기 때문에 나는 처음부터 혼자라도 연습을 해야만 했다. 왼쪽으로 두 발이 모인 상태에서 오른발을 뒤로 조금 내놓으면서 '하나' 왼발이 따라 붙으면서 '둘' 다시 오른발이 원위치하면서 '셋'인데 왼발이 따라붙으면 '넷'이 될 때 '넷'은 살짝 찍고 좌측으로 왼쪽 발을 90도 방향으로 틀면서 '다섯'하고 방향이 바뀌는 동시에 오른발이 따라붙으며 '여섯'이다. 1에서 6까지 계속 좌측으로 돌면서 연습을 충분히 익혀야 기본 스텝이 된다고 가르쳤다. 봉순이는 옆에서 나를 가르칠 동안 열심히 따라 배웠다. 나와 봉순이는 박 선배와 셋이서 연습을 했다. 박 선배는 자기 연습을 하다가도 임 선생이 기본스텝을 선도하라 지시하면 우리는 박 선배 말에 따를 수 밖에 없었다.

기본 스텝이 끝난 후 파트너를 리드하는 코스가 일주일에 한 가지씩 박 선배가 선도했다. 방향을 바꾼 상태에서 연결되는 스텝 동작이 한 단계씩 나아가는 순서라고 했다. 우측으로 투스텝 나갔다. 한번 스텝으로 좌측으로 들어와 뒤로 한번 뺙 했다. 두 발을 모은 다음 앞으로 왼발부터 세 발짝 나갔다. 뒤로는 오른발부터 세 발짝 들어와 투스텝을 밟고 오른발이 나가고 좌측 발이 따라붙으며 왼발이 비켜서면 여기까지가 기초 5번이라고 박 선배가 일러주었다. 봉순이는 열심히 따라 하더니 5번까지 제법 밟고 있었지만 나는 자꾸 코스를 잊어버렸고 그때마다 봉순이가 기를 쓰고 가르쳐주었다. 내가 5번까지 코스를 익히기에는 연습이 턱없이 부족하다는 걸 절실히 알 수 있었다. 나도 모르게 순간순간 자신을 환상 속으로 몰아가고 있었다. 스텝 밟는 내 모습을 상상하기도 하고 어두운 골목도 떠올랐다. 나를 사정없이 짓이기고 모질게 던진 욕설은 병신육갑이다. 그들이 어느 땐 내 등 뒤에서 발길질하는 것 같아 뒤돌아보면 모두가 사라지고 잔인한 욕설만 기억에 둥둥 떠다녔다.

나는 자책하며 자신에게 물어봤다. 육갑대신 육박이 어떠냐고 지금 시점에서 중요한 해명이었다. 육박을 만들자면 연습할 공간을 찾아가야 했다. 흡연실이 생각났다. 내가 흡연실을 안 간 지가 한 달이 넘었다. 문화원에 등록하는 날부터 담배를 끊었다. 오전 일찍 들어가면 한 두 시간 정도는 이용할 수가 있다. 스텝 연습을 하다 들어오는 사람한테 들킬 염려도 없었다. 흡연실은 옥탑에 있고 철문이라서 손잡이를 돌리는 소리가 날 때 연습하던 스텝을 멈춰서 버리면 아무 일도 없는 것 같은 분위기가 맘에 들었다. 나는 연습할 장소를 이곳저곳 미친 듯이 찾아다녔다. 밤이면 공원에 나가 혼자서 돌았다.

6

문화원에서 일곱 번째 배우는 시간이 나와 봉순이 한 테는 두 달이 끝나는 시간이다. 한 시간씩 두 달이면 여덟 번인데 하루를 안 나간 것은 그날이 국경일이기 때문이다. 두 달을 배운 내 다리는 처음보다 훨씬 날렵했다. 마지막 수업을 위해 문화원으로 한 시간 빨리 출발했다. 먼저 가서 연습하는 습관이 들었기 때문이다.

오늘따라 임 선생은 처음으로 반주가 나오는 테이프를 들려주었다.

모든 학생은 임 선생과 함께 연습에 들어갔다. 나와 봉순이는 아직 그 대열에 끼지 못했다. 힘 있게 때리는 반주는 내 귓속으로 잔잔하게 파고들었다. 리듬을 타고 내 발과 온몸이 흔들리기 시작했다. 모두 임 선생을 따라 사뿐사뿐 즐겁게 스텝을 밟아나갔다. 애틋하고 처량하게 들려오는 음악 소리는 강당 전체를 흔들고 있었다. 애처로운 리듬은 구슬프기까지 했다. 내가 태어나 처음으로 들어보는 명쾌한 소리다. 이제까지 살아온 내 인생의 슬픈 곡조처럼 들렸다. 나는 한쪽을 기우뚱거리며 수 없이 걸어 다녔다. 지금도 기우뚱대며 스텝을 밟고 있다. 기쁠 때나 슬플 때나 똑같이 절뚝거렸다. 살아온 날들이 구구절절 가슴속 깊은 저 아래서 꿈틀대며 올라오고 있었다. 아- 신이시여 내게도 이런 날이 올 줄이야 감사하다고 신음하며 울부짖었다. 미끄러운 마룻바닥에 짧은 왼발을 쿵 하고 힘껏 내리찍었다. 리듬을 탄 내 몸과 발은 알 수 없는 환상을 잡으려 했다. 두 손을 벌려 허공을 안으려 할 때 무당이 된 여옥이가 내 손을 덥석 잡 주었다. 내 몸은 나비가 되어 지붕 위로 날아오르고 있었다. 여옥이가 내 몸을 휘감아 들어 올렸다. 나는 떠다니는 구름을 잡을 것처럼 오르고 또 날아올랐다.

날아가 잡자 여옥이의 손을 잡고 리듬에 맞춰 경쾌하게 춤을 췄다. 바람아 구름아 내게도 행복을 달라고 부르짖었다. 내가 지쳐 땅바닥으로 떨어졌을 때는 음악은 계속 흘렀고 학생들은 박수를 치고 있었다. 그들은 웃지 않았다. 놀랜 표정으로 나를 쳐다보며 박수를 쳐댔다. 임 선생이 테이프를 끄자 모두들 웅성거렸다. 임 선생은 걸어 나와 내 앞에 우뚝 섰다. 내 손을 잡으며 잘했다고 칭찬을 했다. 내 몸은 온통 땀으로 흠뻑 젖어있었다. 그것은 틀림없는 지루박이다.

7

봉순이 보고 재등록을 하자고 말했다. 이상하게 봉순이는 시큰둥했다. 왜 그러냐고 물어대자 솔직한 고백을 말하겠다며 내 시선을 피하고 있었다. 봉순이는 춤을 시작할 때부터 나에게 춤추는 모습을 동영상으로 담아 아들 동희한테 전했다고 한다. 문화원에 접수도 동희가 알선해서 알게 된 것이고 동희는 의대를 졸업하고 병원에 근무하다 최근에 정형외과를 개업했다. 개업하고 얼마 안 되어 석환이 아저씨를 모시고 오라고 했으나 단호하게 거절했다며 만약 다리를 못 고치면 둘 사이는 끝장이라고 나무랐다는 것이다. 봉순이가 나직하게 나를 불렀다.

"명석환, 나도 지금 내 속에 있는 속마음을 털어놓을게. 너한테 춤을 배우자는 말이 죽기보다 싫었다. 내가 한 말은 너의 마음을 아프게 하는 것은 사실이잖니?

너는 자존심이 누구보다도 남달랐고 털끝만치도 너의 마음을 아프게 건드리고 싶지 않았다. 함께 춤을 배우러 가자고 말을 꺼내기가 정말 힘들었어, 생각하고 여러 날을 고민한 끝에 말을 꺼내긴 했지만 그보다도 더욱더 힘들었던 것은 너를 데리고 동희한테 가서 짧은 다리를 치료하자는 말은 차마 할 수 없었다. 그런데 동희가 먼저 말을 꺼냈다. 초등학교 다닐 때 네 등에 업혀 집까지 온 적이 있다는구나. 자꾸 너의 손가락이 동희 똥구멍을 찔렀는데 절뚝거릴 때마다 너무 아팠다는 거야 그 기억이 지금도 생생하다니 너의 다리를 진찰해 보고 싶다는구나, 나는 그 이야기를 너한테 할 수 없다니까 동희는 네가 움직이는 모습을 보면 그 상태를 얼마간은 판단이 선다는 거였어. 춤을 함께 배워보면 어떻겠냐고 묻기에 너한테 문화원에 다니길 강요한 거다. 지금까지 살아오면서 너한테 기분 나쁜 소리나 서운한 말은 한 적이 추호도 없었잖니? 너도 내게 그랬지만 어떻든 미안하다, 석환아."

봉순이 말이 흐려졌을 때 나는 울컥 눈물이 솟았다. 그런 줄도 모르고 욕하고 주먹질을 했으니 그러면 그렇지 봉순이가 나와 춤을 배우자는 것이 처음엔 황당하고 이해할 수가 없었다.

나는 춤 배운 것을 후회하지 않았다. 더구나 동희가 그런 생각을 했다는 것은 상상할 수도 없는 일이다. 나와 봉순이 사이에 긴 침묵이 흘렀다. 봉순이가 입을 열었다.

"동희한테 함께 가지 않을래?"

"글쎄."

"그놈 본지도 오래 됐잖니?"

"어!"

"동영상으로 봐선 희망적이래."

봉순이가 하는 말에 대답도 못 하고 눈물 한 방울이 흘러내렸다.

눈앞에 있는 의료기들은 최첨단 장비들이다. 의술도 뛰어났고 새로운 의료기들은 모두 최신형이다.

값이 고가라고 했다.

기계가 사람을 만드는 것처럼 보였다.

동희한테 입원한 지가 3개월이 끝났다. 내 왼쪽 다리는 짧아진 만큼 길어졌다.

나는 동희 말을 따라 이리저리 걸어 다녔다. 키가 전 보다 커진 것처럼 느껴졌다.

동희가 어릴 적 이야기를 들려주었지만 나는 그 이야기는 알고 있었다.

내가 미안해하고 서 있자 동희가 나를 불렀다.

"석환 아저씨, 이젠 다리를 절지 않으셔도 돼요. 춤 배우셨죠? 제가 라스베가스로 두 분 모시겠습니다. 세계 춤 대회가 열리거든요 두 분이 멋지게 춤 한 번 춰 보는 게 어떠실런지요, 미국에 가서?"

대답 대신 봉순 이와 나는 웃고 말았다.

박 선배가 이사를 해서 문화원에는 못 나온다고 카톡이 왔다. 트롯트 시범을 보인 것에 참고하라는 문자가 왔다.

1. 준비
2. 하나 둘
3. 차 차차 차차차

하나 둘
방향 바꾸고

준비
하나 둘
방향 바꾸고
준비
갔다 왔다
하나 둘 하나 둘

방향 바꾸고

준비
하나 둘
방향 바꾸고

준비(맨 처음 원위치).

무허가

"알았어."

"그래."

"알아요."

"고마워."

"응."

"그래, 알았다니까."

"즉시 해치울게."

신 사장은 핸드폰을 귀에 대고 같은 말을 반복하고 있었다.

고마운 기색이 역력한 목소리다. 얼굴빛이 붉어지다 못해 눈알까지 핏발이 서면서 어쩔 줄을 모른다. 부드러운 목소리는 어린아이 잠재우듯 조용조용 말을 아껴가며 마지막까지도 고맙다고 아첨하고 있었다. 듣다 못한 기준이 입을 열려 하는데 신 사장이 먼저 말했다. 신 사장은 기준보다 나이가 더 많았다. 신 사장 말대로 오래 살고 볼일이라며 오래 전부터 알고 있는 추세라 기사가 싸게 나온 장비를 드릴 테니 빨리만 팔아달라는 것이다. 기준이 입장에서 생각해도 이 불경기에 구세주가 아닐 수 없다. 장비모델이 뭐고 연식 상태는 어떠하고 내용이 확실하다면 기준입장에서 장비 가격이나 수리비도 계산할 수 있지만 신 사장은 들뜬 마음만 이야기했지 장비 이름도 말하지 않았다. 조금 있으면 등록증이 들어온다고 기준을 조롱하듯 웃고 있다. "글쎄 어떤 장비냐고요?"

참다못한 기준이 다그치자 볼 것도 없다며 작자만 있으면 빨리 팔아 치워야 한다고 계속 호들갑만 떨고 있다. 기준도 덩달아 흥분하며 낌새를 알아보려는 심산으로 신경질적으로 파고들었다. "장비 이름이 뭐냐고요?"

재차 물었지만 신 사장은 묻는 말은 대답하지 않고 빙빙 돌려가며 기분 나쁜 웃음으로 기준을 유도하고 있었다. 신경이 곤두선 기준을 눈치채고 신 사장은 단번에 빠른 속도로 말해버렸다 "티에스 이백(TS200) 사까이 91년 타이어 90% 제칠 탑 있고 현재 작업 중 가격 천오백만 원" 이보다 더 좋은 조건이 어디 있냐고 살 사람만 있으면 당장 조작을 내야 된다고 기준을 곁눈질하고 있었다. 돈만 있으면 한 퀴 잡은 건데 아쉽다고 했다 당장 해치워야지 날아가면 그만이라는 것이다. 기준은 동조하듯 이천만 원에 살 사람이 있다고 대답했다. 지난달 수출업자가 사달라고 했던 가격이라고 덧붙였다. 그 말을 듣고 난 신 사장은 아무리 장비 시세가 바닥이라도 이천이삼백은 나가지 않냐고 물어대자 기준은 시세는 말하지 말라고 딱 자르며 사는 사람이 있어야 시세가 나오지 백날 입으로 값만 놓으면 무슨 소용이냐고 시큰둥하게 대꾸했다. 사르륵 사르륵 팩스가 들어오고 있었다. 등록증이 들어왔다. 신 사장은 등록중을 들고 기준을 향해 한번 해 볼 테냐고 넌지시 물었다. 결론은 팔아 보겠냐는 말이고 한다면 지금 당장 장비 사진을 찍어 오겠다고 흥분하고 있었다. 기준은 할 수 있다고 자신 있게 대답했다. 신 사장은 등록증을 기준에게 넘겨주며 자기 앞에 추레라 기사 한 사람을 잊지 말라고 못을 박고 사무실을 나갔다.

기준은 서둘러 이천에 가져가겠다는 수출업자한테 전화를 걸었다.

수출업자는 매입 가격이 떨어져 이달 들어는 천오백에 가져가겠다는 말에 기준은 전화를 끊고 신경질적으로 중얼거렸다.

"국내 쓸 것도 없다. 그냥 달래라." 얼마 전 내용이 좋은 티에스 이백 있으면 사달라는 손님을 떠올리고 있었다. 당장 큰일은 신 사장이 사진을 찍어 오면 이천만 원에 판다고 한 말에 책임을 져야했다. 방법을 강구하지 못한 기준은 매입하고 보자는 결론이다. 그러려면 물주를 잡아야 하는데 누가 세 사람에 수고비를 내놓고 물건을 잡으려 하겠는가? 세 사람이란 기준이 신 사장이라, 신 사장이 들어오면 다그칠 일이 눈에 선하다. 기준은 마음이 급했다. 파는 것도 문제지만 지금 당장 매입이 문제다. 물건만 좋다면 가격이 좋으니까 한 달 이내로 팔 수 있다.

기준은 자동차 매매상사 정 사장을 떠올렸다. 즉시 그와의 약속을 병원 앞 죽 집에서 저녁 6시까지 만나기로 약속했다

정 사장을 택한 이유는 그 바닥 사업도 워낙 불경기라 날릴 파리조차도 없는 실정을 기준은 잘 알고 있다.

기준이 생각은 정 사장이 장비값을 대고 당신 앞으로 이전해서

한 달 안에 팔아주겠다는 상업적 비지니스를 할 속셈이다. 충분히 승산 있는 발상이라고 기준이 기뻐하고 있을 때 신사장이 들이닥쳤다. 신 사장이 기뻐 날뛰는 이유는 장비가 특A급이라는 것과 기사가 말한 장비 내용이 맞았다는 것이다. 신 사장은 스마트폰을 기준에게 넘겨주며 찍어 온 사진을 옮겨가라고 서둘렀다. 기준은 사진을 자기 컴퓨터로 전송했다 한 장 한 장 확대해서 세밀히 관찰했다. A급이라고 말하자 신 사장은 틀림없이 이천은 받을 수 있다는 말에 황당한 기준은 재빨리 수출업자 이름을 댔다. 그 수출업자는 신 사장도 잘 아는 사이다. 이달 들어 장비 시세가 떨어졌다며 천오백에 달란다고 하자 신 사장은 정색을 하며 그러면 어찌 할 심판이냐고 다그쳤다. 기준은 이정도 물건이면 걱정할 것 없으니 여유 있게 매입하겠다고 대답했다.

"매입은 누구 돈으로…"

신 사장이 의아하게 물었다. 오늘 저녁에 돈주를 만나기로 했으니 계약금 받을 준비나 하라고 웃으며 대답했다. 기준과 신 사장은 서로 만족하고 있었다. 아마도 내일 아침이면 계약서를 쓰게 될 터이니 오늘 저녁엔 좋은 꿈을 꾸자고 모처럼 둘은 농담도 했다.

정 사장이 죽집으로 들어왔다. 기준은 반갑게 맞이했다. 정 사장은 웃으며 경기가 없어 죽을 맛인데 죽 먹고 죽치지 말자고 농담하며 앉았다. 정 사장이 또 일거리가 있으면 혼자만 먹지 말고 같이 먹고 살자고 너스레를 떨었다. 기준은 그 말이 좋았다. 기준은 오늘 만나기로 한 속셈과 똑같다는 계산인 것 같아 가능성이 보였다. 죽 집으로 약속한 기준은 미안하다고 말했다. 기준은 나름대로 입장을 말했다. 저녁은 내야겠고 다른 음식을 먹자니 김치 줄거리도 못 씹는 기준이 치아가 원망스러웠다.

매매 계통에 삼십 년 지교라 허물없이 대하는 사이지만 사정 이야기를 했다. 십 년 전에 금니를 브리지 타입으로 해박은 것이 기둥이 썩어 통증을 이기지 못해 뽑아서인지 아직도 아물지 않아 부분   니를 할 계획을 말했다. 기준은 죽집으로 약속한 점을 이해하라며 계획한 건수를 풀어놓았다. 장비가 한 대 있는데 아스콘 위나 흙 위를 다지는 타이어 로라 TS200 사 까이며 일본산이고 바퀴가 아홉 개 달렸고 사서 팔면 욕심내지 않는 한 한 장은 벌 수가 있다고 하자 정 사장은 한 장이 얼마냐고 급하게 물었다. 기준은 천오백 투자해서 백만 원 버는데 어떠냐는 식으로 말하고는 요즘 은행에 일억을 넣어야 이자가 한 달에 삼십만 원도 안 나온다고 말했다. 정 사장도 안다며 팔 수 있는 기간을 물었다 팔 수 있는 기간을 기준이 한 달을 말하자 불경기에 그렇게 빨리 팔 수 있겠냐고 정 사장이 물었다. 물건이 좋고 값이 맞아 자신 있다고 설명했다. 천오백에 장비를 사서 정 사장 앞으로 이전하고 이전비와 장비를 옮기는 운반비를 드려서 옮겨놓으면 다시 말해 이전비 이십 운반비 삼십에 천오백 오십을 투자하면 천육백 오십을 드리겠으니 해 볼 의사가 있느냐 물었다. 사놓고 약속대로 안 되면 정 사장이 말끝을 흐렸다. 기준은 믿어달라는 투로 한 달 안에 못 팔면 장비와 관계없이 천육백 오십을 내놓겠다고 말했지만 정 사장은 아무 대답이 없었다.

정 사장은 기준의 형편을 전부터 알고 있었다. 자기 집도 아니고 처와는 사별했고 아들 하나 있는 게 집을 나가 안 들어 온지가 오래된 것으로 알고 있으나 그 내막은 한 번도 물어보지 않았다. 요즘같이 어려운 판국에 어디서 돈이 나온단 말인가. 정 사장은 침묵했다. 눈치를 챈 기준이 자기가 페르다를 한 대 가지고 있으니 자기 장비에다 압류를 붙이라고 했지만 정 사장은 침묵하고 있었다. 기준은 어색한 분위기 맞게 나이 칠십이 넘어 너무 욕심내지 말라고 웃자 정 사장이 즉시 대답했다.

"할게" "그럼 당장 십 프로를 쏴."

기준은 자기 계좌를 적어 정 사장 앞으로 밀었다. 내일 아침 차주와 계약하고 계약서에는 매수인 정 사장 대 기준으로 쓴다고 제의했다. 잔금칠 때만은 필히 와서 차주한테 지불하고 장비를 확인하라고 했다.

계약금은 기준이 통장에 들어왔고 둘은 죽집을 나왔다. 기준은 집에 들어오니 거실 시계는 밤 열 시가 넘었다. 신 사장한테 전화를 걸어 계좌번호를 적고 지금 십 프로를 넣으니 내일 아침에 나오는 즉시 차주를 사무실로 불러내어 계약서를 쓰자고 힘주어 말했다. 기준은 정 사장한테 전화를 걸어 약간은 붙여 팔아야 장비 쪽에서 일하는 사람들이 소개비를 먹는다고 말했다. 정 사장은 웃으며 요령껏 파는 것은 얼마가 되든 관여하지 않을 테니 준다는 금액만 약속을 지키라고 했다.

사무실을 찾아온 차주는 부지런하고 활동적으로 보였다. 신 사장이 계약서를 앞에 놓고 등록중을 보고 쓰기 시작했다. 차주는 돈이 급하다며 내일로 잔금과 장비를 교환하면 안 되겠냐고 물었다. 기준은 돈이 급하시면 그렇게 하라고 말했다.

차주는 고맙다며 서류는 건너에 있는 충남빌딩에 지입사가 있으니 같이 가서 확인하면 된다며 그 지입사에 십 년 넘게 있었다는 것이다. 신 사장이 계약서를 차주한테 내밀었다. 차주는 계약서에 자기 난을 메우고 싸인했다. 기준도 정 사장 대代 이름 쓰고 싸인했다. 신 사장은 차주계좌에 계약금을 쓰기 시작하자 차주가 말했다. 장비를 도로 팔 거면 그냥 그대로 그 장소에서 팔면 되지 운반비 들여가며 옮길 필요가 있느냐며 물었다. 신 사장은 그래도 되지만 사는 사람이 우리가 아니니까 사는 사람 의향에 맡기자고 눈을 찡긋 했다. 기준은 장비 있는 곳 약도를 물었다. 신 사장은 자세히 알고 있다며 웃으면서 계약을 끝냈다.

이튿날 신 사장은 여행을 떠난다고 기준한테 전화가 왔다. 너무나 장사가 안 되는 요즈음에 파는 것이 걱정이 된다며 첫 손님이 주인이니 놓치지 말라고 했다. 신 사장은 또 너무 돈 생각하지 말고 세 사람에 소개비만 나와도 팔아버리라고 당부했다.

신 사장이 여행을 떠나고 없는 빈 사무실에 정 사장이 왔다.

정 사장은 한마디로 장비 구조에 대해선 전혀 모른다. 장비 상태나 매매과정은 기준에 말을 믿고 따를 수 밖에 없다. 돈만 대고 모든 처리는 기준이 한테 의존할 수 밖에 없다. 차주가 들어오자 셋은 인사를 나누고 정 사장은 차주 계좌를 받아 잔금을 넣기 시작했다. 잔금 처리가 끝나고 셋은 지입사로 갔다. 기준도 잘 아는 지입사이고 사장은 이전 서류는 모두 보관하고 있으니 서류를 어떻게 하겠느냐 물었다. 기준은 도로 팔 장비라고 말하자 지입사 사장은 팔리는 대로 서류는 챙겨 주겠다고 차주 앞에서 말했다. 그러면 이전비는 빠지는 셈이다. 기준은 감사하다고 말했다. 정 사장은 무엇이 궁금했는지 모든 서류가 대아건설에 있다는 확인서 하나 써 주기를 지입사 사장한테 부탁했다. 사장은 친절하게 써 주었다.

확인서

로울러: 서울 09가5007 상기 장비 이관서류 일체를 본인이 갖고 있음을 정히 확인하며 어느 때고 이관 서류 인계를 요구할 시는 일체의 서류를 인계할 것을 정히 확인합니다.

2015.6

지입사 대아 건설기계(주) 대표: 마 진성 (인)

정 사장이 확인서를 받았다. 기준은 이전비가 절감되는 만큼 지입료는 내야 한다고 했다. 장비는 오늘 자기가 아는 주기장으로 옮겨야 하니 옮기고 난 후에 기사가 운반비를 말하면 삼십만 원을 넣어주라고 정 사장한테 부탁했다.

기준에게 칠순여행은 없었다. 경제적으로 무척이나 힘들었던 지난해였다. 새로운 이 천십오 년을 맞아 야무지게 계획은 하고 있으나 불경기에다 작년에 부도를 맞았다. 임대 넣었던 페르다가 크락샤장 부도로 꼼작 않고 서 있다. 기준은 밀린 부채에 시달려야했다. 밤낮으로 매매도 열심히 하고 있다. 장비를 옮겨놓고 이틀 되던 날 오두만이한테서 전화가 왔다. 그는 오십 대의 젊은 나이에 기동력도 좋고 일하는데도 순발력이 뛰어난 장사꾼으로 이름이 나 있다. 전에도 기준과 한두 번 거래가 있었지만 깨끗하게 마무리했었다. 머리도 빠르고 빈틈이 없었다. 보고 온 바로는 상태가 좋고 쓸 만한 장비라고 설명했다. 자기가 꼭 줄 때가 있으니 달라는 것이다. 기준은 한마디로 거절했다. 보고 간 사람이 내일 계약하겠다고 거짓으로 말했다. 두만은 기준에 말을 무시했다. 가격은 물어보지도 않고 자기가 팔겠다는 쪽으로만 결론을 내렸다.

기준은 화를 내며 가져갈 사람이 있다는데 그만 하라고 소리 질렀다. 두만은 질세라 계약금이 들어왔냐고 물었다. 내일 계약하겠다는데 무슨 돈이 들어오냐고 전화를 끊었다. 기준은 얼마 전에 티에스 이백이 나오면 사달라는 임 사장이라는 사람이 있었는데 그의 연락처를 찾는데 혈안이 되어 동분서주하고 있었다. 하루 종일 집에 가서 찾았지만 실패하고 말았다. 이튿날 출근하자 두만이가 찾아왔다. 두만은 조리 있게 다그쳤다. 통장에 계약금이 들어

왔으면 그냥 돌아가겠다는 뜻이고 안 들어 왔으면 계약금을 지금 넣겠다는 것이다. 왜냐하면 티에스 이백을 사주기로 약속하고 몇 달이 지나 물건 하나가 나와 계약하러 가는 도중에 다른 사람이 채 가버렸다는 것이다.

도저히 거래처에 체면이 말이 아니라며 이번만은 놓치지 않겠다고 결심하고 있었다. 두만은 십 프로가 얼마냐고 값도 모르는 척 묻고 있었다. 기준은 이백오십이라고 무표정하게 말하자 할인 좀 해달라고 두만이 애원했다. 살 사람이 따로 있으니 신경 끊으라고 하자 두만은 지금 계약금을 쏘면 되겠냐고 물었다. 그건 안 되고 퇴근 전 까지라도 기다리라고 기준은 시치미를 떼고 있었다. 두만이가 돌아가고 기준은 임 사장을 알 만한 사람을 찾았으나 알아내는 데 실패했다. 퇴근 시간은 다가오고 있었다. 임 사장 연락처는 없고 두 만에 끈질긴 모습이 지겹고 싫었다. 기준에 머리 뒤로 신 사장이 떠올랐다. 오늘이 이 박이 끝나는 날이다. 돈을 혼자 해먹으려면 신 사장이 오기 전에 서둘러 팔아버려야 된다. 출근하는 아침에는 돈 머리를 나눠야 한다고 긴장하고 있었다. 퇴근 시간이 되어오자 두만에게서 전화가 왔다. 그러나 기준은 내일 아침 은행문 열면 계약금 넣겠다고 하니 그리 알라고 시큰둥하게 대답했다. 두만은 더 이상 긴소리 말라며 이백오십을 쏘겠다고 소리쳤다. 잔금은 내일 오전에 넣고 장비를 트레일러에 올리겠으니 서류 준비나 잘하라는 것이다. 기준은 죽어가는 목소리로 대답했다 "알았다고."

전화를 끊은 지 5분도 안 되어 기준 핸드폰에 신호가 왔다. 두만이가 이백오십을 통장에 넣은 것이다. 기준은 매매가 시작되었다며 한쪽으로 기쁜 마음을 억제하고 있었다. 이튿날 오전 잔금이 들어왔다. 정말 빠르다. 시원시원하게 일 처리하는 두만이가 기준은 부러웠다. 어떻게 하면 두만이처럼 장사를 잘할 수 있을까 기준은 자신의 둔탁한 모습을 뒤돌아보게 되었다. 두만은 트레일러 기사와 옮기는 날짜를 다시 약속하고 지입사로 향했다.

두만은 지입사 사장도 잘 아는 사이다. 마침 티에스 이백 롤러 장비 주인이 서류를 챙기고 있었다. 두만은 장비주를 보자 반갑게 인사를 하면서 본인이 매매했다며 장비를 깨끗하게 잘 쓰셨다고 칭찬을 하고는 한 대 더 파시라고 농담도 했다. 두만은 서류에 이상 유무를 묻다가 얼마에 판 장비냐고 묻자 장비주는 급해서 알고도 싸게 팔았다고 했다.

천오백이라고 말이 떨어지자 갑자기 두만은 얼굴이 하얗게 굳어지며 주저앉았다. 웬걸 그렇게 싸게 팔았냐고 신경질적으로 물었으나 차주는 화를 내며 돈이 급하면 급한 대로 더 싸게 팔 수도 있지 남이야 싸게 팔건 당신하고 무슨 상관이냐고 인상을 쓰며 화를 냈다. 두만은 입속으로 천만 원을 중얼거리며 지입사 사장한테 옮겨가는 쪽 지입사 전화번호를 가르쳐주었다. 두만은 넋 나간 사람처럼 주먹을 쥐고 사무실을 나왔다. 먹어도 너무 많이 먹었다고 시기했다. 늙은 구렁이 서기준한테 당했다고 알 수 없는 불만을 털어놓았다.

사무실로 돌아온 두만은 L 지입사에서 티에스 이백 차주 말이 떠올랐다. 돈이 급해서 자기는 되는대로 팔았고 사람에 따라 급하지 않으면 비싸게 팔 수도 있지 않느냐는 말이 맴돌았다.

두만은 맞는 말이라고 수긍했다. 실수했다면 서기준이한테 비싸게 팔아줘도 너무 비싸게 팔아줬다. 조금만 깎자고 했어도 서 사장은 모르는 체 안면을 바꿨다. 다른 사람이 계약금을 넣는다는 작전에 자신이 말렸다고 생각했다. 천오백에 잡은 차를 이천오백을 고집하니 그리고 곧 계약금이 들어온다고 하니 두만은 서기준한테 당한 일로만 오해하고 있었다. 두만은 기준이 티에스 이백을 팔아주고 매 수인한테 소개비만 조금 받은 것이다. 절대로 그냥 넘어갈 수 없다며 이를 물었다.

서 사장은 돈이 없을 것이고 물주를 끌어들여 매입해 놨다가 팔아서 남은 마진을 반반씩 먹자고 매입했을 것이다. 서 사장은 오백을 먹었을 거라고 계산했다. 두만은 최소한 백만 원은 뜯어내야 직성이 풀릴 것 같았다 "세상은 불공평해 이럴 순 없어 천벌을 받을 서기준 구렁이" 두만의 혀는 욕설까지 해댔다. 자기 부모 또래나 되는 늙은 서기준을 나오는 대로 지껄이며 벼랑으로 내몰면서 욕설을 서슴치 않았다. 기준은 오두만하고 매매는 몇 번 있었으나 그렇게까지 오해할 사항은 없었다. 아무리 생각해봐도 두만이가 기준을 그렇게 멸시하고 증오할 필요는 없지 않은가 왜? 서기준을 막무가내로 추락시키며 나쁜 사람으로 인정하는지는 두만의 생각이고 결정이었다. 짐작이라도 한 듯이 기준 역시 장비를 두만이한테 안 팔려고 안간힘을 썼다. 임의대로 계약금을 쏘고 잔금치고 끌어가 놓고 이제 와서 기준을 욕하는 것은 납득할 수 없는 일이었다. 서 사장이 매입할 당시 차주는 급전이라도 끌어 틀어 막아야하는 입장에 있었고 받은 금액만이라도 구세주처럼 고맙다고 말했었다. 신 사장 또한 같은 사무실에서 기준이 서둘러 처리해서 잘한 일이라고 몇 번을 칭찬했었다. 두만이가 하는 행동은 마치 미친개가 되어 서기준의 바지가랑이를 물어뜯고 도리질을 치고 있으니 누가 천벌을 받아야 하는지는 하늘만이 아는 비밀이 생겨난 것이다.

그러면서 두만은 서기준이 오백을 꿀꺽했다는 생각을 버리지 못하고 기준을 괴롭혀서 돈이 뜯어지면 물러나려 했으나 말을 하면 할수록 기준은 큰소리치며 도망가는 실정이다. 그 꼴을 못 보겠다는 두만은 점점 독이 올라 서 사장을 추적하며 달라붙고 있었다.

두만은 트레일러 기사에게 티에스 이백을 옮기라고 전화를 했다. 기사가 장비 받을 매수인 전화번호를 받아 적었다.

두만이가 기사한테 장비 있는 곳을 자세히 설명하자 기사는 티에스 이백이 있는 곳을 안다며 묻지도 않은 말을 하고 있었다. 차주는 자기와 잘 아는 사이고 신 사장한 테 이야기해서 같은 사무실 서기준 사장이 매입한 것이라고 매입된 경로를 말해주었다. 그러자 두만은 소개비는 얼마 받았냐고 물었다. 자기와 신 사장이 오십만 원씩 받았다고 말했으니 두만은 새로운 사실을 알게 된 셈이다. 운반비는 장비 사는 사람한테 받으라고 했다. 차주와 매입한 서 사장에게 다리를 논 신 사장과 지입사까지 두만은 모두 알게 되었고 물주만 모르는 셈이다.

신 사장이 여행을 끝내고 해외에서 돌아왔다. 기준은 신 사장 보는 앞에서 첫 손님이 나타나 장비를 팔았다고 돈을 나누기 시작했다. 돈주 정 사장한테 백만 원을 붙여주고 우리 셋은 오십만 원씩이라고 설명했다. 신 사장은 장사도 안 되는데 잘 팔았다며 기준에 손을 두 손으로 잡고 악수를 했다. 기준은 큰소리로 정 사장과 통화했다. 장비를 팔았다면서 약속한 대로 천육백 삼십을 쏘겠다고 소리쳤다. 신 사장님이 해외여행에서 돌아왔으니 감사하다는 인사를 나누라고 전화를 바꿔줬다. 기준에 통장엔 모처럼 만에 돈이 소복이 쌓였다. 즐거운 미소는 오래가지 않았다. 그의 머리 뒤로 박 기사와 공사장이 침을 흘리고 있다. 그들에 빚을 갚아야 한다. 그들에 형편이 말이 아니다. 박 기사는 반년이 지나도록 월급을 갖고 가지 못했다. 자식들 학비 문제와 먹고 살 대책이 막연한 실정이다.

어떻게 하면 서 사장한테 월급을 받아낼 수 있을까 잔머리를 굴리고 있었다. 지금도 작업 현장만 나타나면 모든 문제가 해결될 수 있는데 일 할 현장이 없는 것인지 일 할 곳을 못 찾아서인지 장비가 설 곳을 찾지 못하고 있다. 박 기사는 기준이 갖고 있는 휠로다 기사로 일하고 있다. 휠로다가 일하고 있는 회사가 부도난 상황을 현장에서 목격했고 부도나기 직전에 밀린 월급 오 개월 치를 못 받는 실정이다. 차주인 기준도 회사에서 월대가 나오지 않았기 때문에 외상으로 일만 해주고 박 기사 월급도 못 내준 것이다. 박 기사는 회사 사정이나 기준에 사정을 잘 알고 있으나 당장 생활이 급한 탓에 다만 얼마라도 주기를 원하고 있지만 돈이 없다는 서 사장한테 억지로 내놓으라면 강도가 될 테고 강도가 되면 사람을….

하다가 박 기사는 구마 공업사 공사장을 떠올렸다. 부속값이나 소모품, 휠로다 수리비로 갖다 쓴 외상값인데 서 사장 결재만 기다리고 있을 뿐이다. 외상이 발생할 때마다 계산서에는 서 사장 싸인을 받아다 구마 공업사에 빠짐없이 갖다 주었다. 박 기사 입장에서도 공 사장한테 전혀 부담이 없는 것은 아니다. 요즘은 공업사를 가 봐도 불황은 마찬가지다. 몇 명 안 되는 공업사 직원들이 손을 놓고 구석으로 몰리는 실정이 되고 보니 공 사장 또한 운영이 어려웠다. 공 사장은 박 기사를 보자 "결재 좀 해줘, 박 기사님?"라고 말했다.

너무나 빤히 아는 목마른 인사다. 만나면 하는 인사조차도 속들여다 보이는 인사일 뿐 도움되는 것은 서로가 없었다. "예, 해드려야지요. 공 사장님" 박 기사와 공 사장은 반가움도 미움도 아닌 시큰둥한 인사로 마주 앉았다.

오늘따라 박 기사는 자신의 인생과 현실을 탓하며 심각한 얼굴을 하고 있다. 그는 아들딸 남매가 가정을 꾸려가며 학교를 다니고 있는데 생활비 준 지가 언젠지 모른다는 것이다. 공 사장은 묻지도 않았는데 박 기사 처가 바람이 나 집을 나간 지 오래라고 한다. 그건 순전히 자기 때문이라고 했다. 이 현장, 저 현장 돌아다니며 현장생활만 했으니 마누라는 외로워서 집을 나간 거라고 시인했다. 박 기사가 눈물을 찍어내자 공 사장은 일어서면서 "가세, 가

세, 가세" 등을 쓰다듬었다. 소주 한 잔 하자고 서둘렀다. 형편은 서로가 죽고 싶은 심정으로 하나가 되어가고 있었다. 공 사장 역시 급한 대로 천만 원만 있어도 한숨 돌리겠다는 말이다. 박 기사는 어차피 서 사장이 결재를 해줘야 숨통이 트인다는 말이고 일할 현장을 서기준 사장이 찾지 못하고 있다고 불만만 하고 있었다. 현장만 있으면 서 사장이나 공사장 박 기사는 형편이 풀리는 거라고 열을 올리다가 엉뚱한 생각을 늘어놓았다. 일할 현장을 공사장 보고 만들라는 것이다. 없는 현장을 어떻게 만드느냐는 공사장 말에 박 기사는 없는 것을 있는 것으로 만들어서 서 사장한테 보고하고 박 기사가 휠로다를 끌고 나온다는 것이다. "나와서?"

공사장이 심각하게 물었다. 한적한 곳에 옮겨놓고 휠로다를 싼 값에 팔아먹자는 것이다. 이야기를 듣고 있던 공사장이 웃음을 터트리며 박 기사 도둑놈 다 됐다고 나무라는 말투로 꾸짖어 댔다.

술이 취한 박 기사는 절대로 웃을 일이 아니라는 것이다. 오죽하면 이런 생각 까지 하겠냐고 푸념을 했다. 공사장은 하루 날 잡아 둘이서 서기준 사장한테 가서 줄 거냐 안 줄 거냐 어떻게 할 거냐 따져 보자 구 소주잔을 부딪쳤다. 박 기사는 날 잡을 거 없이 지금 당장 술한 잔 먹은 김에 서기준을 만나러 가자고 공 사장을 잡아 끌었다.

기준은 칠십 나이에 먹지도 못하고 배곯아 가며 박 기사와 공사장 빚을 갚기란 지금 체력으로는 불가능했다. 삼 개월 전 치과 의사에 진단 결과가 떠올랐다. 아래위 모두 있는 거 빼버리고 틀니로 하는데 견적을 칠백만 원을 말했었다. 그때 기준이 아무 말도 못

하고 나온 것은 형편으로 엄두도 못 내는 금액이었다. 지금껏 해결 방법이 없었다. 내가 먼저 살아야 빚을 갚을 수 있다는 그의 용기가 치과로 향하게 했다. 기준은 선불로 일시불 처리하는 조건으로 치과 원장한테 백만 원을 깎았다. 틀니를 하기만 하면 씹을 수 있다는 원장 말에 즉시 지불하고 말았다. 두 만이와 장비거래가 있고 나서 일주일도 안 되어 전화가 왔다. 장비 사간 사람이 티에스 이백 타이어 아홉 짝을 갈아야 하는 데 사백오십만 원이 필요하니 이백만 원은 장비를 판 사람이 지불해 달한다는 말이다. 처음에는 두만이 말이 기준이 편에서 말하는 듯 하였으나 갈수록 말이 안 되는 두만이 말에 기준은 화가 났다. 돈을 달라는 이유를 말이 되게 설명하라고 했다. 사갈 때는 타이어가 많이 남았었는데 공업사에 실어다 놓고 보니 타이어가 오십 프로도 안 남았다고 장비 기사가 말했다는 것이다. 이것은 판 사람이 타이어가 많이 남았다고 속여 판 것이니 타이어 아홉 짝에 대한 책임을 판 사람이 져야 한다는 내용이다. 기준은 사갈 때 정비사하고 같이 와 사가던지… 끌고 간 다음에 소모품을 이야기하는 것은 아무 소용없는 일이고 타이어가 많이 남았다는 이야기를 한 적도 없으니 억지 쓰지 말라고 소리쳤다. 기준이 말에 말문이 막힌 두만은 스스로 전화를 끊었다. 두만이와의 매매는 기준이 혼자서 완벽하게 처리했다. 자기만 돈을 넉넉하게 먹은 건 사실이다. 두만이가 냄새 맡고 능글맞게 매달리고 있었다. 어떻게 낌새를 알았을까 기준은 지입 사를 찾아 갔다. 지입 사 사장 말이 서류 확인하러 왔던 날, TS200 장비주가 있었고 둘은 인사도 하고 이야기도 나누고 헤어졌다는 것이다. 두만이가 알게 된 결정적인 요인이었다. 만약 소문이 나면 주위에 시선도 의식해야 된다. 기준은 지금껏 장사해 오면서 매매하는 사람들과 다툰 일이 없었다. 기준이 양보를 하면 두만에게 돈을 토해야 하는데 이미 치과에 다 갖다 주고 남은 돈은 어림도 없다. 기준은 두만에게 전화를 걸었다. "남 장사하는데 끼어들 지 말고 알려고 하지도 마라. 이미 다 끝난 일이니까" 기준은 나이 먹은 체면도 있고 점잖 하게 타이르듯 말을 했으나 두만은 전화 오기라도 기다린 것처럼 독이 올라 말하고 있었다.

두만은 난색을 표하며 건설장비 바닥에 투망질을 사십 년 하셨으면 이제 그만 좀 쉬시는 게 어떠냐고 시비조로 나왔다. 기준은 투망질이 뭐냐고 소리쳤다. 놈은 능글맞게 웃으면서 냇가에서 물고기 잡을 때 쓰는 거고 넓게 던져 잡아당기면 물고기 종류는 말할 것도 없이 잔챙이까지 긁어내는 법이라면서 한마디로 바닥까지 샅샅이 뒤져서 장사를 한다는 것이다. 젊은 놈도 먹고 살게 잔챙이는 남기라는 이야기다. 기준은 내가 그렇게 장사를 잘 하더냐고 소리 질렀다. 두만은 당연하다며 이 어려운 불경기에 장비 한 대를 사고팔지 못하는데 서기준 사장님은 대박을 터트리다 못해 대어를 낚고 계시다고 조롱하고 있었다. 기준은 내가 대어를 낚은 것과 너와 무슨 관계가 있느냐고 물었다. 두만은 당연히 있지요, 하더니 "천오백에 산 장비를 이천오백을 받아드렸으면 천만 원을 잡수셨는데 어찌 그냥 넘어가면 안 되지요?" "왜 안 되나?" "그렇게 많이 드시면서 조금만 깎아주셨어도…?" 기준이가 억지 쓰지 말라니까 두만은 적게 잡숫고 합의하자는 결론이다. 만약 트레일러 기사가 장비 주인하고 다시 타협해서 해약을 원한다면 받아주셔야 된다는 주장이다. 그렇게 되면 장비 주인은 서 사장님에게 손해배상을 감수하면서까지 해약할 거라고 큰소리쳤다.

어쩔 수 없이 그런 지경이 오면 서 사장님은 매매 되었던 물건은 원위치해야 하고 잡수신 거 몽땅 토하셔야 된다는 말이다. 그러니 이 불경기에 더위에 가뭄에 메르스 공포에 스트레스받지 마시고 사 간 사람한테 백만 원으로 매듭 짖은 게 어떠냐는 식이다. 기준은 한마디로 거절했다. 네 멋대로 그렇게는 안 될 거라고 그러자 두 만이는 능글맞게 비웃으며 고발하겠다고 큰소리쳤다. 화가 난 기준은 고발이란 말에 하라고 소리쳤다. 그의 머릿속으로 스쳐오는 또 하나에 얼굴이 있었다. 두만이 보다 더 싸가지 없고 괘씸한 놈이 바로 기준에 아들 석주다. 석주는 집을 나간지 오래 되어 죽었는지 살았는지 나이가 오십이 되어가는 두만이 또래다. 어째서 자식 하나가 그 모양인지 철나기로 말하면 열 번도 더 났을 텐데 기준은 죽었을 거라고 눈물을 떨 구고 말았다.

마침내 두만이는 돈을 댄 물주를 알아냈다. 물주는 말하기를 백만 원을 먹었고 그 외 붙여 파는 것은 서 사장 몫이니 마음대로 하라고 처음부터 말해준 사실을 알아냈다. 결국은 서 사장 혼자서 팔백을 먹은 셈이다. 극도로 독이 오른 두만은 기준에게 연락했다. "어르신 고발한다는 거 농담 아니요, 몇 번째 경고드린 거 알고 계시죠?" 기준이 또한 서슬이 파래졌다. "뭐, 뭐라. 경고라니? 열 번 백번이라고 해라." 기준은 앞으론 연락하지 말라며 전화를 끊었다.

기준은 박 기사가 노크도 없이 사무실 문을 열고 들어왔다. 박 기사까지 냄새를 맡고 찾아온 것인지 지레 겁을 먹었다. 그를 주시하며 앉으라는 소리를 했지만 눈도 마주치지 않고 소파로 갔다. 기준은 너무나도 두만이한테 시달리고 있기 때문이라고 생각했다. 치과를 들리기 전만 해도 박 기사 월급을 생각했었지만 기준은 자신이 먼저 살아야겠다고 작정을 했었다. 박 기사는 인상을 쓰며 매서운 눈을 하고 기준을 봤다. 기준이 소파로 가자 박 기사가 입을 열었다.

"현장에 장비가 없던데요. 파셨으면 월급 계산해주세요."

"팔았으면 왜 박 기사한테 연락을 안 했을 리가 있나?"

기준은 자초지종 옮겨야 될 입장을 이야기했다. 크라샤 장 소장이 임대 물건을 뺄 기회가 왔다고 소장한테서 전화가 왔었다. 몇 달 만에 뺄 수 있는 기회가 어렵게 결재 났다는 것이고 본래 부도가 나면 먼지 터럭도 못 끄집어내오는 상황을 박 기사도 알고 있지 않으냐고 말했다. 그때 마침 트레일러 기사가 우리 사무실에 왔다가 그 소리를 듣고 급히 옮긴 것이라고 박 기사를 쳐다봤다.

"정말 안 파셨습니까?"

"안 팔았네!"

박 기사는 안도에 한숨을 내쉬며 집에 쌀이 떨어진지가 오래 됐으니 쌀값 좀 달라고 했다. 기준은 기다려 보라며 사무실을 나갔다. 한참 만에 돌아온 기준은 오십만 원을 내놓으면서 천이백만 원이 남았다고 말했다. 말이 떨어지기 무섭게 박 기사는 구마 공업사 외상값이 구백이 넘는다는 것이다. 기준도 알고 있다고 눈짓으로 대답했다. 돈이 있으면서 안 갚는 것도 아니고 부도가 안 난 것을 났다고 한 것도 아니고 박 기사는 잘 알고 있지 않냐고 기준은 죄인처럼 말했다. 서 사장 사무실을 나온 박 기사는 심각한 표정을 지으며 구마 공업사로 달려갔다 자기 입장을 이야기한다면서 기어들어 가는 소리로 공사장 귀에다 입을 대고 말했다.

"첫째는 장비를 옮겼는데 어데로 옮겼느냐고 물어볼 수도 없지 않습니까?"

"둘째로 장비 팔아서 밀린 월급과 공사장 외상값을 해결해 달라고 말할 수도 없는 거고요."

공사장은 물어볼 수 있지 왜 안 물어 봤냐고 했지만 박 기사 생각은 달랐다. 장비에 대해 말하면 우리가 장비에 신경을 쓰는 인식을 주게 되면 서 사장은 우리가 모르는 곳으로 옮겨놓고 어떤 변명으로라도 우리를 따돌릴 것이라고 했다.

엄격히 말하면서 사장은 우리한테 밀린 돈만 갚으면 되는 것이지 그의 장비를 우리가 이래라 저래라 할 수는 없지 않느냐는 박 기사 말이 떨어지자 무슨 뾰족한 수라도 있느냐고 공사장이 한숨을 내리 쉬고는 지금 눈으로 봐도 장비는 딴 데로 옮겨놨는데 우리만 가만히 곶감 떨어질 때를 기다리는 꼴에다 이렇다 할 대책 하나 못 세우고 멍청하게 있으니 돈 받기는 틀린 거 아니냐는 것이다.

공사장이 듣고 보니 박 기사 말이 옳다고 판단했다. 서 사장은 열 평도 안 되는 낡은 오피스텔에서 살고 있다. 보증금 몇백에 월세에 살면서 달랑 휠로다 한 대인데 지금이 머리 쓸 때라는 것이다. 서 사장 입장에선 휠로다는 옮겨놨겠다. 몸만 빠져 나가면 그만이고 휠로다 시중 시세는 자그마치 팔천만 원은 나가는데 뭣 하러 우리 줄 돈 때문에 굳이 이 바닥에 머무를 이유가 없지 않느냐는 결론이다.

심각하게 듣고 있던 공사장은 서 사장이 도망갈 확률이 다분하다며 머리를 끄덕였다. 불경기에 장비 매매가 되는 것도 아니고 임대업도 일 할 현장을 못 찾고 있는 실정이다.

박 기사와 공 사장이 기준을 찾아갔다. 박 기사는 솔직한 심정을 말한다며 사장님은 밀린 월급과 공사장 외상값을 갚으실 현실적인 대책도 없는 상태에서 장비는 옮겨놨고 돈은 준다 안 준다 말이 없으니 사장님만 날아가 버리면 돈 받을 길은 끝장이 아니냐고 물었다. 박 기사의 당돌한 물음에 기준은 황당했다.

"그래 내가 아무런 대책도 없고 말도 없으니까 도망가는 줄로 알았다 이거지?"

침묵이 흘렀다. 기준은 자세를 고쳐가며 도망갈 생각은 추호도 없으니 안심하라며 그 이유를 분명하게 말했다. 기준은 이 바닥을 들어 온 지가 삼십 년이 넘었다. 여기서 아내와 사별했고 다 큰 아들이 하나 있었는데 이 바닥에서 집을 나갔다는 것이다. 혹시라도 아들이 살아있다면 찾아올 곳은 여기 밖에 없다고 했다. 그래서 이 바닥은 죽기 전에는 뜰 수가 없다는 기준의 얼굴에는 어둡고 슬픈 그림자가 아른거렸다. 기준은 또 박 기사를 볼 적마다 돈을 이달에 주겠다. 이달 말에 주겠다. 다음 달에 주겠다. 자꾸만 주겠다고 했으면 줄 수도 없고 주지도 못하는 내 형편을 알면서 연거푸 거짓말만 했다면 당신들은 나를 죽이려 했을 거라고 털어놓았다. 아무런 대책이 없다고 하는데 나보다도 박 기사나 공 사장이 더 잘 알 것이 아니냐고 반문도 했다.

나라 전체가 불경기를 내가 대책을 세운다고 경기가 살아나고 장비가 일할 현장이 튀여 나오겠냐는 의도이다. 그래서 휠로다를 팔아서 줄 돈을 갚으려고 노력 중이라고 했다.

현재 장비 옮긴 것은 처음 장비 살 때 친구가 사채를 은행이자로 삼천을 줘서 매입했던 것으로 그 친구 공장으로 옮겼고 1차로 장비에 삼천을 저당 잡으라고 했다는 것이다. 기준에 말이 끝날 새 없이 박 기사와 공 사장은 불평을 노골적으로 털어놓으며 기준을 잡아먹을 듯 소리쳤다 월급은 어찌할 거냐고 박 기사 언성에 이여 구마 공업사 외상값은 안 줄 거냐고 공사장이 주먹으로 탁자를 내리쳤다

기준은 슬픈 표정을 지으며 박 기사를 두 번째, 공 사장를 세 번째로 저당하라고 말했다. 만약 자기가 삼천을 사채로 썼기 망정이지 캐피탈을 썼다면 이자와 원금을 이 불경기에 어떻게 매달 낼 것이며 그 고통을 생각해 보라는 것이다. 기준은 박 기사와 공 사장한테 자기가 하라는 대로 하라고 일렀다. 기준은 휠로다 검사증

카피 본 하나를 내주며 저당하라면서 지입사에 확인도 해보고 어디 팔대가 있나 알아도 보라고 했다. 박 기사가 얼마에 팔면 되느냐고 묻자 기준은 칠천만 원은 받아야 된다고 입을 굳혔다.

두만이가 기어코 물주를 알아냈다. 물주는 백만 원을 먹었다. 한 가지 확실한 것은 물주가 서 사장한테 자기는 장비에 대해서 전혀 모르니 한 달 내로 팔아주는 조건으로 하고 백만 원만 붙여달라고 했었다. 더 붙여 파는 것은 얼마를 더 받던지 간에 물주는 관여하지 않겠다고 다짐을 한 사실을 물주한테서 알아냈다. 도저히 있을 수 없는 일이라며 혀를 찼다. 서기준은 도적놈이라고 욕을 했다. 두만이가 기준을 철저하게 빈틈없이 사실대로 기준을 고발했다. 처음 거래할 때 네고를 했었거나 거래 후에 백만 원을 받았다면 고발은 안 했을 것이라면서.

고발 내용은 자기는 세금을 내가며 매매했지만 서기준 사장은 사업자도 없이 무허가로 매매했다는 내용이다. 기준의 부도설이 바닥에 떠돌았다. 야밤도주 할 것이라고 두만이 귀에도 들려왔다. 두만은 비웃고 있었다.

기준은 비상한 각오로 구치소를 향해 출발했다. 기준이 안으로 들어가고 있는데 반대편에서 남자 하나가 눌러쓴 모자를 쳐들고 기준을 쳐다봤다.

"아버지, 아버지다." 하마터면 아버지하고 소리칠 뻔했다. 기준이 뒤돌아섰을 때 석주는 모자를 내려썼지만 두 눈은 아버지를 정면으로 봤다. 석주는 도리질을 쳤다. 어째서 아버지가 빵엘 들어온단 말인가. 석주는 아버지 나이를 세고 있었다. 덜컹하는 철문 소리를 뒤로하고 석주는 문을 나왔다. 헤어질 때 보던 아버지의 얼굴이 형편없이 늙어있었다. 엄하고 무서웠던 아버지가 허리는 굽었고 말라 있었다. 몇 날을 받았는지 모르지만 견딜 수 있을까 중얼거렸다. 석주의 입가엔 싸늘한 미소가 감돌고 있었다. 약자를 잡아먹은 또 다른 포식자들에 세상을 상상하고 있었다. 가늘게 뜬 눈빛이 한곳으로 모여들었다. 발끝부터 끓어오르는 분노와 알 수 없는 오열을 불타는 눈시울에 매달은 채 복수의 소리가 머릿속을 요동치고 있었다. 석주는 오늘로써 전과 이십삼 범을 마무리하고 출옥하는 길이다. 석주는 나온 문을 다시 걷어차고 들어갔다. 마지막 들어간 노인의 이름을 재확인했다.

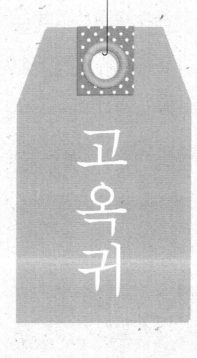

꼼수

사월도 첫 주일이 훌쩍 지났다. 이때쯤이면 '글맞이' 출판사에서는 계간지 '봄' 호가 나와야했다. 그런데 '봄' 호가 출간될 기미가 없었다. '봄' 호가 출간된다는 건지…. 이번 봄 호는 좀 늦어 질 거라든지 아니면 아예 출간할 수 없을 거라든지. 남여진 사장으로부터는 단 한마디의 언급이 없었다.

어쩌면 이번 '봄' 호는 출간되지 않을 수 있다는 전망이 짙었다. '글맞이' 출판사 남여진 사장의 형편을 자신들 주방에 있는 숟가락 개수보다도 더 정확하게 알고 있는 작가회 유한구 회장과 편집장 봉달근이었다. 두 사람은 아까부터 카페 한쪽에서 마주 앉아있었다. 침통한 표정으로 보아 무언가 심각한 결정을 내릴 기세였다.

"봄 호가 출간될 수 있다고 생각하시오?" 유한구가 무겁게 입을 떼었다. 칠십을 갓 넘긴 나이의 유한구였다. 노련한 나이도 나이였지만 글맞이 출판사 작가회를 이십여 년이나 끌어온 사람이었고 남여진 사장과는 동고동락했던 피붙이 같은 사람이었다. 그런 유한구의 입에서 떨어진 그 말뜻에는 절망적인 뉘앙스가 짙었다. 봉달근은 숨을 길게 내쉬었지만 쉽게 입을 열지 않았다. 답답하고 초조한 마음이야 이를 데 없지만 아직 절망하고 싶지는 않았던 것이다.

비록 지금 '봄' 호가 출간될 날이 늦었고 또 출간될 가능성이 희박하긴 했지만 쉽게 절망적 답을 할 수가 없었다. 글맞이 출판사를 이끌어 왔던 게 이십 여 년이나 되었다. 그동안 힘들고 어려웠든 일이 어디 한 두 번이었든가. 험난했던 고비를 넘기면서 지탱해왔던 출판사였다. 글맞이 출판사를 이십여 년이나 지탱해오면서 느꼈던건 남여진 사장의 열정과 끈기가 없었다면 결코 그 긴 세월동안 한 번도 거르지 않고 사계절 계간지를 출간할 수 없었을 것이다.

봉달근 편집장은 지금도 남여진 사장을 믿고 싶었다. 남여진 사장의 열정과 끈기가 이십 대 그때처럼 생동감 있게 남아있다면 어떤 수단과 방법을 동원해서라도 해낼 것이라는 신념을 버릴 수가 없었다.

이번 '봄' 호가 좀 늦긴 했지만 반드시 출간되리라는 희망을 놓고 싶지 않아서였다. 물론 요즘 같으면 출판사 사업 같은 건 하루빨리 청산하고 정리하는 게 옳은 판단일지 모른다. 책 읽는 사람들은 점점 줄어들고 서점들은 하나둘 문을 닫기 시작하면서 동네서점이 자취를 감춘 지도 오래되었다. 추락해가는 출판업계를 불 보듯 빤히 보면서도 남여진 사장은 굴하지 않았다.

누군가 단 한 사람이라도 남아서 출판업계를 살려 놓아야 한다는 게 남여진 사장의 곧은 정신이었다. 남여진 사장은 그런 정신으로 여태껏 잘 버티어왔고 또 남여진 사장의 그 정신이 결코 꺾이지 않으리라는 걸 믿고 싶은 봉달근 편집장이었다.

남여진 사장의 그 곧은 정신과 열정 그리고 끈기를 누구보다도 잘 알고 있는 유한구 작가회장의 입에서 가능성이 없다는 의미의 말이 떨어졌고 봉달근의 답을 기다리는 표정은 무척 심각해 있었다. 아니 유한구의 눈빛은 봉달근의 대답을 재촉하고 있었다. 이번에는 결코 봄 호가 출간되지 못 할 거라는 전제를 두고 다음 단계를 의논하자는 재촉의 눈빛이다. 그러나 봉달근은 강하게 고개를 저었다. "아닙니다. 저는 아직 포기하고 싶지 않습니다!" "포기하지 않겠다면 남 사장이 이번에 '봄' 호를 출간할 것 같아요?" "남 사장님은 여태껏 그렇게 해오지 않았습니까? 언제 어느 계간지를 출간할 때에 쉽게 힘 안 들게 해왔습니까? 어렵고 힘들었지만 해냈습니다. 그래서 이 어려운 출판 일을 이십 여 년이나 이끌어 온 것 아닙니까?" "허나 이번에는 달라요! 남 사장이 아무리 뛰고 날뛰어도 '봄' 호 출간되지 않습니다. 밀린 인쇄비, 제작비 등등 채무가 숱하게 걸려있는데 무슨 수로 그걸 해결하겠소? 당장 인쇄비, 제작비를 말끔히 청산하지 않으면 책 한 페이지도 발간하지 않겠다는 제작사의 말 못 들었습니까?" 유한구는 완강했다.

글맞이 출판사를 아예 포기해야 한다는 뉘앙스가 강하게 어필되고 있었다. 물론 유한구의 말에도 일리는 있다, 이번에 '봄' 호가 출간되지 않는다면 글맞이 출판사도 아예 포기해야 한다는 것이 틀린 말은 아니었다. 점점 추락되어가는 출판사에 목숨 걸고 매달릴 필요가 없는지도 모른다. '봄' 호가 출간될 수 없다는 게 뻔하다면 이쯤에 모든 걸 포기하고 청산하거나 정리해야 하는 게 당연한지도 모른다. 그리고 다음 단계를 생각하고 결정해서 남 사장에게 어필시켜야 하는 게 순서였다. 그러나 편집장 봉달근은 망설였다. 편집장 봉달근은 글맞이 남겨진 사장을 끝까지 믿고 싶었다. 그러나 유한구는 달랐다.

"남 사장의 열정만으로는 이번 '봄' 호를 출간할 수는 없소! 만약 '봄' 호가 출간되지 않는다면 그 후에 일어날 상황을 상상이나 해봤소?" 유한구의 볼멘 말투에는 짜증까지 섞여 있었다. 그동안 밀렸던 인쇄비, 제작비의 독촉은 더 심해질 테고 여기저기 깔려있는 채무 독촉은 감당할 수 없을 정도로 밀려들 것이다. 글맞이 출판사가 휘청해질 게 뻔했고 이번만큼은 남겨진 사장도 대책이 없을 것이다.

기껏 해봐야 박순례 회장에게 달려가 손을 내밀 것이다. 박순례 회장은 여러 가지 사업에 손을 대고 있었고 서울 한복판에 십 층이 넘는 건물도 몇 대나 소유하고 있는 제법 큰 손이었다.

남여진 사장과는 절친한 사이이기도 했고 몇 년 동안 글맞이 출판사의 후원자로서 적잖은 후원금도 내어주기도 했다. 그러나 후원금 명목으로 돈을 대어 준 것은 몇 년뿐이었다. 언제부턴가 남여진 사장에게 돈을 줄 때에는 반드시 빌려준다는 점을 각인시켰고 심지어는 갚을 날까지 확인하고서야 빌려주기도 했다. 후원금이 아닌 채무조건이었다. 남여진 사장은 그런 것을 감수하고 빌려 썼고 출판사가 어려울 때마다 박순례 회장에게서 돈을 빌려 쓰곤 했다. 그랬던 액수가 지금은 만만치 않게 많다는 것을 유한구도 알고 있고 봉달근 편집장도 알고 있다.

남여진 사장의 재정사정을 그렇게까지 꿰뚫어 보고 있는 작가회 회장 유한구였기에 남여진 사장에게 더 이상 희망을 가지지 않으려는 것이었다. 그리고 글맞이 출판사를 청산하기를 바라는 방향으로 몰고 있는 유한구 앞에서 봉달근은 쉽게 답을 하지 못하고 있었다. 유한구는 갑자기 목청을 키웠다. "박 회장에게 달려가 사정할 게 마지막 수단이신 남 사장입니다. 그러나 박 회장이 쉽게 돈을 내어줄 리는 없지 그동안 빌려간 액수가 얼만데. 오히려 그동안 빌려간 돈을 회수하려고 할지도 모르는데. 만약에 박 사장이 그렇게 나오게 된다면 남 사장은 그야말로 사면초가인데 어떻게 '봄' 호가 출간되겠소?" "유 회장님은 어떻게 그렇게 비관적인 생각만 하십니까?" "비관적인 생각을 안 하면 남 사장에게 무슨 뾰족한 수가 있으리라 생각합니까?" 유한구 회장은 이미 이번 '봄' 호는 출간할 수 없다고 아예 단정해버린 것 같았다.

그때였다. 유한구의 핸드폰에서 벨이 울렸다. 유한구는 봉달근을 향해 벌레 씹은 표정으로 힐끔 쳐다보고는 전화를 받았다. "유 회장님! 접니다." 남여진 사장이었다. 유한구는 손으로 핸드폰을 잡은 채 엄지손가락을 펼쳐 보였다. 남여진 사장이라고 암시를 해준 것이다. 편집장 봉달근도 금시 긴장된 표정이다.

"남 사장님 지금 어딥니까? 그동안 연락이 없어서 얼마나 답답했는지 모릅니다." "지금 계신 데가 어딥니까?" "종로입니다. 종각 뒤편에 있는 카페에 있습니다. 봉달근 편집장과 함께." "잘됐군요. 그럼 거기서 잠시 기다리고 계십시오. 곧 모시러 가겠습니다." 남 사장의 목소리는 언제나처럼 나직하고 침착했다. 남 사장의 목소리만으로는 계간지 '봄' 호를 내지 못해 안절부절 해하는 것 같지는 않았다. 아니 전연 동요됨이 없는 목소리였다. 남여진 사장은 그만큼 침착했고 무슨 일이든 쉽게 내색하는 성격도 아니었다. 여느 사람 같으면 초조해하고 불안해야 할 상황인데도 남여진 사장에게서는 전연 그런 내색이 느껴지지 않았다.

전화를 끊고 나서 유한구는 봉달근을 쳐다보았다. "남 사장인데 이쪽으로 오겠다네." "제발 좋은 소식을 안고 와주셨으면 좋겠는데…" "글쎄요…" 유한구는 끝까지 가능성을 배제한 말투였다. 잠시 후 남 사장의 짙은 초록색 지프차가 카페 앞에 닿았다. 유한구가 조수석에 앉았고 봉달근은 뒷좌석으로 올라앉았다. 남여진 사장은 별다른 말도 없이 차를 몰기 시작했다.

"어딜 가시려고요?" 유한구는 답답해하며 물었고 남여진 사장은 지체없이 말했다. "양평이요!" "양평이라뇨? 박순례 회장님 댁에요?" "예! 박 회장에게 매달릴 수밖에 없네요." "안됩니다! 이번에 가셨다가는 가져간 돈 회수하겠다는 말만 듣게 되실 겁니다!" "더 이상 끌어올 데가 없습니다. 박 회장님 말고는!" 남여진 사장의 입에서 그 말이 떨어진 순간 유한구와 봉달근은 약속이나 한 듯 똑같이 한숨을 내쉬었다. 그야말로 절망적인 순간이었다. 이번 '봄' 호 출간은 틀렸구나 싶었던 것이다.

초록색 낡은 지프차는 양평으로 달렸고 세 사람의 침울한 침묵이 무겁게 계속되었다. 모든 것은 예측대로였다. 남여진 사장은 마지막 수단으로 박 회장을 찾아가기로 결정했고, 박 회장에게 가봤자 소용없을 거라는 것을 유한구와 봉달근은 일찌감치 감안하고 있었다. 어쩌면 문전박대라도 당하지 않으면 다행한 일 일지도 모른다.

양평에 있는 박순례 회장의 집은 오래된 한옥이긴 했지만 그 기상이 만만치 않았다. 높은 돌담 너머로는 잘 가꾸어진 정원수까지 보였다. 대문 앞에서부터 사람이 압도당하는 듯한 느낌이었다. 남자 세 사람이 우두커니 서 있었다. 초인종을 누른지도 제법 긴 시간이 흘렀는데 넓은 대문은 쉽게 열리지 않았다. 성급한 유한구가 투덜거렸다. "이거 문전박대 당하는 것 아닙니까?" 유한구의 투덜거림에 답하는 사람은 없었다. 어쩌면 그럴지도 모른다는 생각을 품었던 그들이었기 때문이다. 다행히 대문이 열렸다. 마치 방문자의 용건을 알고 뜸을 들이는 듯한 느낌의 시간이 흐른 후에야 열린 대문이었다. 그러니 대문을 들어서는 그들의 표정이 밝을 리는 없었다.

집안일을 보는듯한 여자의 안내를 받고 들어선 곳은 커다란 서재였다. 박순례 회장은 서재에서 남여진 사장을 맞이했다. 유한구와 편집장이 함께 왔다는 것이 좀 의외인 듯 애써 반겨 하기는 했다.

그러나 박 회장의 표정은 딱딱했고 썩 반기는 기색은 아니었다. 세 사람이 민망할 정도로 냉정했다. 박순례 회장은 대뜸 남 사장을 불렀다. 분명 부드러운 어조는 아니었다. "남 사장!" "예! 회장님" "어째 계간지 '봄' 호가 늦습니다. 출간되기는 될 것 같습니까?" "아무래도 회장님이 좀 도와주셔야겠습니다!" 남여진 사장도 만만한 사람은 아니었다. 어려운 출판업을 이십 여 년이나 이끌어 온 사람이다. 사람 만나고 대하는 것도 이력이 난 남 사장은 박 회장의 말투에서 심상치 않음을 느꼈다. 박 회장의 표정과 태도로 보아 목적했던 것은 이미 틀어진 거구나 싶었다. 그러나 남여진 사장은 결코 비굴한 모습을 보일 사람은 아니었다. 박 회장에게 단도직입적으로 용건을 꺼냈다. 그런데 박 회장은 갑자기 껄껄 웃어댔다. 목을 뒤로 젖히기까지 하면서 한참을 그렇게 웃었다. 세 사람이 영문을 모르도록 그렇게 웃고 난 박 회장은 남여진 사장을 향해 뜻밖의 제안을 하는 것이다.

"남 사장! 이번에는 남 사장이 날 도와줘야겠습니다!" "제가 회장님을 뭘 도울 게 있다고?" "글맞이 출판사를 제게 인계하십시오!" "예?" 남 사장의 얼굴이 삽시간에 사색이 되었다. 느긋하고 평온하게만 느껴졌든 남여진 사장의 표정이 굳어지면서 근육까지 일그러지고 있었다. 여간해서 동요하지 않는 남여진 사장이었지만 박 회장을 바라보는 남여진 사장의 눈빛이 흔들렸다.

남여진 사장이 얼마나 큰 열의로 글맞이 출판사를 이끌어 왔는지는 누구보다도 잘 아는 박 회장이 아닌가? 매 계간지가 발간될 때마다 출판사 어려운 사정을 이야기하고 후원금으로 도와달라 하기도 했고 급기야는 채무형식으로 빌려 쓰기도 했다. 그러면서도 출판사에 대한 열정과 끈기 하나로 버티어왔든 남 사장의 사정을 누구보다도 잘 알고 있는 박순례 회장이 출판사를 인계하라니? 남 사장의 사정을 훤히 알고는 얕잡아 보고 하는 말이 분명했다. 남여진 사장은 자리를 박차듯이 일어섰다. "제게 받으실 채무 때문에 이러십니까?"

"꼭 남사장에게서 받아야 할 채무 때문에 이러는 건 아닙니다." "…." "글맞이 출판사가 남사장이 생각하고 있는 이상으로 인지도가 높습니다. 그래서 출판사 자체가 탐이 났고 인수하고 싶은 욕심이 진작부터 났던 겁니다. 하지만 나쁜 쪽으로 생각은 마십시오. 자금이 넉넉하지 못한 남 사장을 도운다는 생각도 한거니까요." "제가 박회장을 잘못 판단하고 있었던 것 같습니다. 그런 꼼수를 가지고 있으리라곤 정말 몰랐습니다." 남여진 사장은 박순례 회장을 향해 서운한 듯이 내뱉으며 서재에서 뛰쳐나왔다. "남 사장!" "남 사장!" 박순례 회장이 다급하게 불러댔지만 남여진 사장은 뒤도 돌아보지 않았다.

그러나 사색이 되어 뛰쳐나오는 남 사장과는 달리 유한구 회장의 표정이 밝아지고 있음을 봉달근은 얼른 깨달았다. 유한구 회장이 순간 무슨 생각을 했는지도 알 것 같았다. 아니나 다를까? 유한구 회장은 남 사장의 지프차에 오르자마자 입을 떼었다. "남 사장!" "…." "박순례 회장의 제안이 뜻밖이긴 했지만 나쁘진 않은 것 같소." "유 회장님!" 남 사장은 운전대를 힘껏 내리치며 소리쳤다. "나쁘지 않다니요? 출판사를 인계하라는데 나쁘지 않다니요?" "솔직히 말해서 빌려간 돈 회수하라는 것보다는 듣기 좋은 말 아닙니까?" 글맞이 출판사 자금 사정을 잘 알고 있으니까 할 수 있는 말이고 저는 오히려 잘 되었다고 생각합니다. 이번 기회에 박 회장에게 출판사를 인계하십시오. 그리고 이 지긋지긋한 채무관계도 청산했으면 좋겠습니다." "글맞이 출판사를 누군가에게 인계하기를 바랐던 게 유 회장님의 꼼수였습니까?" 남여진 사장은 울분을 터뜨리듯 소리쳤다.

박 회장도 박 회장이지만 유한구까지 그런 생각을 하고 있었다니? 동거동락하며 지켜왔든 출판사였건만 유한구 회장에겐 남 사장만큼의 애정과 애착이 없었던 것 같았다. 글맞이 출판사를 쉽게 인계하라는 말을 하다니? 남 사장의 길게 토해내는 한숨소리는 낡은 지프차 소음으로 말려가고 있었지만 남 사장의 속은 새까맣게 타들어 가고 있었다. 남 사장의 침통한 표정에 짓눌린 듯 유한구도 봉달근도 아무 말을 꺼내지 못했다. 이번 '봄' 호 출간문제 때문에 의논할 것도 많았고 할 말도 많았던 두 사람이었다. 봄 호가 출간되지를 못했을 때를 대비해서 출판사 청산을 하자고 유도해보려고도 했든 두 사람이었지만 박 회장의 입에서 뜻밖의 말이 나왔고, 그 순간 돌변해진 남 사장을 보고는 더 이상 아무 말도 꺼낼 수가 없었다.

그날 늦은 저녁시간이었다. 남여진 사장은 출판사에 틀어 박혀 앉아서 꼼짝도 안했다. '봄' 호가 출간되기는 벌써 물 건너간 일이다. '봄' 호가 출간되지 않았을 때의 상황에 대비해야만 할 일만 남았다. 물밀듯이 밀려올 채무 독촉, 인쇄와 제작비 독촉, 글맞이 출판사가 금방 무너져 내린 것처럼 달려들 채무자들, 그리고 너무 실망이 커서 할 말을 잃을지도 모를 작가회 회원들, 꼭 책이 보급되어야 할 여러 곳에서의 사람들…. 그 사람들의 기다림, 남여진 사장의 머릿속에는 해결할 수 없는 여러 가지 일들이 유령처럼 펄럭대고 있었다.

남여진 사장은 머리를 감쌌다. 고개를 푹 숙인 채 한숨을 내쉬었다. 출판사를 인계하라는 박 회장의 얼굴이 악마처럼 아른거렸다. "몹쓸 사람 같으니라구…" '봄' 호를 출간하지 못해 안타까워하는 남 사장에게 던졌든 박 회장의 말은 정말로 잔인했었다. 계간지가 나와야 할 때마다 고심하고 힘들어했든 남 사장의 입장을 누구보다도 잘 알고 있는 박 회장의 입에서 그런 말이 나왔다는 건 납득이 되지 않았다. 아니 어쩌면 오래전부터 글맞이 출판사를 인계받을 꿈수를 쥐고 있었다는 게 서운했다.

그러나 어림없는 소리였다. 글맞이 출판사를 누군가에게 인계해야겠다는 생각은 추호도 없었든 남여진 사장이었다. 이십 여 년을 끌고 왔던 출판사였다. 열정과 애착도 애착이었지만 돈도 되지 않는 글에 매달려 시를 써내고 수필을 쓰고 소설을 쓰는 문인들의 글 마당이 되어주고 있다는 자부심으로 버티어왔던 남 사장이었다. 허나 이번 '봄' 호가 출간되지 않는다면 작가회 회원들의 실망이 얼마나 클 것이며 계간지가 보급되어야 할 여러 가지 부처에서도 실망이 이만저만이 아닐 것이다. 그동안 지켜왔던 글맞이 출판사의 계간지 이미지 또한 얼마나 추락될까 싶은 생각에 가슴이 조였다. 솔직한 심정으로는 숨도 제대로 쉴 수가 없었다.

이렇게 답답하고 초조한 심사로는 박순례 회장의 제안이 달콤한 유혹일 수도 있었다. 그러나 남 사장은 강하게 고개를 저었다. "출판사를 남에게 인계해야 할 상황이라면 차라리 죽는 게 낫지." 남여진 사장은 그렇게 중얼거렸다. 남여진 사장에게 글맞이 출판사는 생명이었고, 계간지를 발간하는 게 살아가는 이유의 전부였다. 그러나 지금은 사면초가였다. 이번 '봄' 호는 출간될 수가 없었다. '봄' 호가 출간되지 않았을 때의 상황을 생각하고 감당해야 할 것들을 각오하고 있어야만 했다.

'봄' 호를 출간하지 못하면 다음 계간지 "가을호", "겨울호"가 발간되리라는 희망도 없었다. 남여진 사장은 책상 위에 얼굴을 묻어놓고는 죽은 듯이 숨을 죽이고 있었다. 이대로 죽을 수만 있다면 그때였다. 핸드폰 벨소리가 남 사장의 생각을 조각내듯 울렸다. 서민아 시인에게서 온 전화였다.

"사장님, 서민아입니다. 출판사 앞에 있는데요." "출판사 앞이라뇨? 예, 알겠습니다. 곧 나가겠습니다." 무슨 급한 일이기에 출판사까지 온 걸까? 남여진 사장은 당황스러웠다. 아니 '봄' 호가 출간될 수 없다는 절망 앞에서 누군가를 만난다는 게 내키지 않았지만 출판사 앞까지 와서 기다린다는데 외면할 수는 없었다. 서민아 시인은 출판사 앞에서 기다리고 있다 말고 남 사장을 보고는 무척 반색을 했다. "제 예감이 적중했네요. 사장님이 출판사에 계실 것 같아서 무조건 출판사로 온 건데." "무슨 급한 일이라도 있으십니까?" "아니에요. 사장님께 식사 대접을 하고 싶은 것뿐입니다. 이번에 유럽여행을 하면서 느낀 건데 문단에 등단했을 때의 유럽여행과 등단하지 못했을 때의 여행이 사뭇 달랐습니다. 가슴속에서 내가 시로 등단했다는 자부심이 불길처럼 일어나면서 사물을 바라보는 눈과 마음이 얼마나 즐겁고 행복했는지 모릅니다. 글을 쓸 수 있는 의욕도 생기고 글맞이 출판사라는 글 마당도 있고…." "그렇게 생각해주시니 고맙군요!" 남여진 사장은 진심으로 고마워했다. 절망적인 이 상황에서 서민아 시인의 그 한마디가 얼마나 힘이 되었는지 모른다. 애써 웃기까지 했다.

"책들이 읽히지 않아 출판사 문 닫는 소리가 끊이지 않는다는 이 시대에 글 마당이 되어주시는 사장님이 얼마나 고마운지 모르겠습니다. 그래서…." 서민아 시인은 들고 온 가방에서 봉투 하나를 꺼냈다. 그리곤 조심스럽게 남 사장에게 내밀었다. "이게 뭡니까?" "출판사 사정 어려운 것 잘 압니다. 작은 정성이지만 도움이 될까 해서요! 서민아 시인은 겸손했고 조심스러웠다. 봉투를 내미는 손끝이 떨리기까지 했다. 남여진 사장은 봉투를 받아 쥐면서 조그맣게 미소를 지었다. 서민아 시인의 작은 정성이 이 절망적인 상황에서 큰 도움이 되지 않을 거라는 걸 알지만 그러나 그 마음이 너무도 고마웠던 것이다.

그러나 서민아 시인이 건넨 봉투 속에는 남여진 사장이 생각치도 못 할 큰 액수의 수표가 들어있었다. 순간 남여진 사장의 눈이 반짝거렸다, 아니 섬광처럼 빛이 솟고 있었다. 남여진 사장에게 기적이 일어난 것이다. 기적이었다. 그 표현이 아니고서는 다른 표현을 할 수는 없었다.

안국동 뒷골목.
한정식을 잘한다는 식당 별채에는 글맞이 출판사 계간 '봄' 호 발간 축하모임이 한창이었다. 남여진 사장의 얼굴에는 웃음이 만연했고 여기저기서 축하인사들이 끊이지 않았다. "남 사장 수고했어!" 오래전에 수필로 등단하셨던 수필가 강서혁 선생이 악수를 청하면서 한마디 했다. 강서혁 선생님의 그 한마디에 눈물이 왈칵 솟구쳤던 남 사장, 남여진 사장은 고개를 끄덕거리며 대답했다. "고맙습니다! 고맙습니다…" 벼랑 끝에서 올라온 듯한 기쁨이 온몸으로 전율처럼 흘렀다.
강서혁 선생님은 유한구 회장과는 연배가 비슷한 나이였지만, 성질이 급한 유한구 회장과는 달리 꽤 과묵한 편이었다. 어지간한 행사에는 얼굴도 내밀지 않는 분으로도 유명했는데 이번에는 달랐다. 글맞이 출판사에서 계간지 '봄' 호가 출간되지 않을 거라는 것이 기정사실처럼 소문이 자자했었다. 그런 소문을 들으면서 걱정했을 강서혁 선생님으로서는 누구보다도 이번 '봄' 호 출간이 기뻤던 것이다. 그리고 남여진 사장이 대단하게 여겨졌다. 이번 '봄' 호가 출간되면서 남여진 사장을 대단하게 여겼던 건 강서혁 선생님뿐만은 아니었다.

박순례 회장도 다소 놀란 표정이었고 작가회 회원들은 설레기까지 했다. '봄' 호가 출간되지 못할 거라는 소문이 자자했든 순간마다 남여진 사장만큼이나 안타까워하고 불안해했든 작가회 회원들이었다. 그런 와중에 '봄' 호가 출간되고 남여진 사장의 형편이 좋아졌다는 소문도 뒤따랐다. 남여진 사장에게 어떤 상황이 일어났는지는 아무도 몰랐다. 다만 '봄' 호가 출간되었고, 글맞이 출판사가 쓰러지지 않는다는 것이 중요했을 뿐이었다.

글맞이 출판사를 누군가에게 인계하기를 절실하게 바랐던 유한구 회장의 얼굴에도 화색이 돌았다. 남 사장에게 굳이 어떻게 된 일이냐고 묻지 않아도 되었다. 글맞이 출판사 계간지 봄 호는 반짝거리며 그 모습을 드러냈고, 책을 기다렸던 사람들에게 더할 나위 없는 기쁨이었다. 식사들을 하면서 분위기는 화기애애했고 남여진 사장의 표정은 얼마 전의 그 절망적이고 침울했던 것과는 사뭇 달랐다.

이번 '봄' 호는 절대 나오지 못할 거라고 장담하고 있었든 박순례 회장은 출판사를 탐내고 있었던 꼼수를 드러낸 게 쑥스럽고 미안하긴 했지만 남여진 사장에게 다가가 손을 내밀었다. "남 사장 정말 대단합니다! 돈벼락을 맞지 않는 한 이런 기적이 일어날 수는 없었을 텐데…." "예! 기적이었습니다! 제게 기적이 일어난 거지요!" 남 사장은 애매한 말투로 말하고 있었지만 가슴에서는 기적이 일어났다는 확신으로 불타고 있었다. 세상은 이래서 살맛이 나는지도 모를 일이다.

서민아 시인은 식탁 맨 끝쪽에 얌전히 앉은 채 음료수를 마시고 있었다. 말수가 적고 얌전한 성격이긴 했지만 사람들과의 교류는 원만한 편이었든 모양이다. 옆 좌석에 앉은 사람들과 맞은편에 앉은 사람들과의 대화에 고개를 끄덕거리기도 하고 조그맣게 웃기도 하고 있었다. 그러나 남여진 사장은 알고 있었다. 이번 '봄' 호가 출간될 수 있었든 기적이 서민아 시인의 힘이었다는 것을 서민아 시인의 입으로는 절대 발설하지 않으리라는 것을….

남여진 사장이 말하지 않는 한 서민아 시인의 입으로는 발설되지 않을 것이며 그야말로 이번 일은 기적일 수밖에 없는 것으로 묻혀지고 말 것이다. 그러기를 서민아 시인이 원했던 것이다. 남여진 사장은 서민아 시인의 그 뜻을 받아들였고 굳이 사실을 공개할 필요를 느끼지 않았다. 궁금증과 신빙성이 묘하게 어울려지면서 사람들의 관심은 남여진 사장의 대단한 능력에 쏠렸고 특별한 후원자가 나타났을 거라는 추측이 난무했다.

글맞이 출판사가 이번에는 무너지지 않을까? 하고 은근히 기대했던 사람들에게는 실망스러웠을 테고 박순례 회장처럼 글맞이 출판사를 인수할 꼼수를 품고 있었든 사람들도 실망했음이 분명했다. 한 가지씩의 꼼수를 가졌던 사람들에게는 '봄' 호 출간이 실망스러웠겠지만 남여진 사장은 우뚝 일어섰다. '봄' 호를 출간했을 뿐만 아니라 박순례 회장에게 빌려 썼던 채무도 깨끗이 갚았고 여기저기 널려있던 채무들까지 정산했다. 인쇄비, 제작비를 마련하지 못해 매 계간지 출간마다 애를 먹으며 어려움을 하소연했던 남여진 사장은 자금 걱정 없이 '봄' 호를 출간했고, '가을호', '겨울호'도 무리 없이 출간할 수 있었다.

지인들에게 부탁했던 원고료도 드릴 수 있었고, 제대로 식사 대접 한번 변변하게 해드리지 못했던 지인들에게도 식사 대접도 할 수 있었다, 그렇게 사소한 일이라도 치루고 나면 소문은 어김없이 달라진다. 글맞이 출판사는 남여진 사장이 있는 한 절대 무너지지 않는다는 확신들이 있을 것이고 글맞이 출판사를 인수해보겠다는 꼼수를 가지고 접근했든 후원자들도 더 이상은 인수의 꿈은 꾸지 않을 것이다.

남여진 사장은 오래간만에 어깨를 쭉 폈다. 그리고 좌중을 향해 술잔을 높이 들었다. "계간지가 출간될 때마다 우리 작가회 회원님들의 노고가 컸습니다. 자금이 넉넉하지 못한 사장 받들면서 노심초사하시는 마음 모르는 바는 아니었지요. 그러나 계간지는 계절마다 발간될 것이고 여러분들은 글맞이 출판사의 영원한 작가회 회원이십니다. 여러분들을 위해 축배를 듭시다!" "출판사의 번영을 위해." "사장님의 건강을 위해" 모두 목청을 높여 외쳤다.

남여진 사장의 어려운 자금 사정을 알고 있는 사람들은 이번 '봄' 호의 출간을 진정으로 기뻐해 주었고, '봄' 호가 출간되기까지의 남여진 사장의 노고가 어떠했을까를 짐작하고 있었던 사람들이라 축배를 드리는 목소리들이 유달리 더 유창했고 우렁차게 울려 퍼졌다. 그리고 좌중의 박수갈채도 떠나갈 듯했다.

그때였다. 별채 여닫이문이 드르륵 열리면서 낯선 남자가 들어섰다. "서민아! 서민아 어디 있어?" 남자는 좌중을 휘둘러보며 거친 목소리로 서민아를 불러댔다, 환호와 박수갈채로 떠들썩했던 좌중은 얼음을 끼얹은 듯 조용했고 살벌해지기까지 하면서 사람들은 사방을 두리번댔다.

서민아 시인이 자리에서 일어섰다. 그녀는 남자의 거친 목소리와는 달리 매우 침착했다. "나 여기 있어요!" 조용하고 나직한 소리로 자신의 위치를 알렸다. 자그마한 체격 어디에서 그런 침착함이 있었는지 알 수 없으리만치 대담해 보였다. 서민아 시인은 좌중을 향해 허리까지 굽히며 인사를 했다. "죄송합니다! 제 남편입니다. 뭔가 급한 일이 있나 봅니다!" 맑고 밝은 목소리로 깍듯이 예의까지 갖추고 자리를 뜬 서민아 시인은 숨을 거칠게 몰아쉬고 있는 남자 곁으로 달려가더니 어린애처럼 안기는 것이다. "진작 말씀을 드려야 했는데 바쁜 핑계로 말씀을 드리지 못했네요. 나가요! 나가서 말씀드릴게요!" 서민아 시인의 나직하면서도 나긋나긋한 목소리는 성난 사자도 잠재울 것처럼 부드러웠다. 좌중을 향해 허리를 굽히고는 남편의 손을 잡고 여닫이문으로 나가고 있는 서민아 시인의 모습은 적군을 포획하고 떠나는 사람처럼 대범해 보였다. 그러나 남편의 손을 잡고 떠나는 서민아 시인을 바라보는 남겨진 사장은 왠지 가슴이 철렁해짐을 느꼈다. 작고 가냘픈 몸매의 서민아 시인. 그녀는 좌중의 눈을 의식하면서도 한 틈의 빈틈도 보이지 않은 채 남편의 손을 잡고 나가고 있었다.

여닫이문을 벌컥 열면서 거친 목소리로 서민아를 외치던 남편의 기세로 보아 서민아 시인의 머리채라도 잡을 것 같았는데, 서민아 시인은 남편의 그 거친 행동을 잠재우고 놀라움으로 좌중에 앉았던 사람들에게 예의를 갖추어 인사까지 하면서 침착하게 나섰다. 한바탕 소동이라도 일어날성 싶었던 순간이었다. 그런데 서민아 시인은 아무 소동도 일으키지 않고 남편의 손까지 잡고는 그 자리를 떴다.

사람들이 웅성거렸다. "무슨 일이지요!" "글쎄요!" "서민아 시인을 불러대든 소리로 보아서는 금방이라도 큰 소동이 일어날 것 같았는데…." "서민아 시인의 머리채라도 잡을 것 같은 기세였는데 서민아 시인은 어떻게 그렇게 침착할 수가 있죠…." "그러게 말입니다!" "성난 사자를 잠재우듯이 하며 남편을 데리고 나가든 서민아 시인 대단합니다. 여간 당찬 모습이 아니었습니다!" 한바탕 소동이 일어나지 않은 게 이상스럽다는 말들이었다.

남여진 사장은 벽을 짚고 서 있었다. 서민아 시인을 불러대던 남자의 거친 목소리를 들었던 순간 남여진 사장은 등에서 식은땀이 주르륵 흘러내리고 있음을 느꼈다. '봄' 호 출간을 기념하며 모인 이 자리에 서민아 시인의 남편이 나타났고, 서민아 시인을 불러대는 거친 목소리로 보아 한바탕 큰 소동이 일어날 게 분명했는데 서민아 시인은 재치 있게 그리고 대범하게 위기를 모면했다. 끝까지 출판사의 이미지를 실추시키지 않으려는 서민아 시인의 마음이 여실히 드러나 보였다. 남여진 사장은 짧은 순간이나마 서민아 시인의 재치와 대담함에 놀랐고 서민아 시인은 어떤 상황에서도 지혜롭게 대처할 능력이 있는 여자로 여겨졌다.

그러나 남여진 사장의 가슴에는 갑자기 무거운 맷돌이라도 얹혀진듯했다. 그리고 비로소 깨달았다. 서민아 시인에게서 그만한 액수의 돈이 어떻게 있을 수 있었을까? 하는 결코 남편 몰래 비상금으로 가지고 있을 만한 그런 액수는 아니었다. 기적이라고 생각했든 것이 불안감으로 엄습해오는 순간이었다. 남여진 사장의 눈앞에서 남편을 데리고 나가는 서민아 시인의 대범해 보이는 행동과는 달리 서민아 시인의 마음이 얼마나 불안할까 싶은 게 마음에 걸려 견딜 수가 없었다. 그리고 생각했다. 서민아 시인은 그 많은 액수의 돈을 어떻게 마련하게 되었던 걸까? 비로소 생각했다. 돈 봉투를 받으면서도 돈의 출처조차 물어보지 않았다는 것을… 남여진 사장은 돈 봉투를 받아 쥔 순간 그게 정말로 기적이라고만 생각했던 것이다.

아침 식사를 막 마치고 조간신문을 읽고 있었든 강서혁은 핸드폰 울리는 소리에 신문에서 눈을 뗐다. "아침부터 어디서 오는 전화일까요?" "글쎄…. 특별히 올 전화는 없는데." 아내의 물음에 느긋하게 대답까지 하면서 통화를 눌렀든 강서혁은 핸드폰에서 들려오는 다급한 목소리를 들었다. "선생님! 강서혁 선생님, 저 편집장 봉달근입니다." "아! 봉달근 편집장님 무슨 일입니까?" "사…, 사장님이 남여진 사장님이 돌아가셨습니다." "예? 뭐라고요?" 강서혁의 목소리는 스프링처럼 튀고 있었다. 남여진 사장이 죽었다니? 이런 청천벽력 같은 소리가 어디 있단 말인가? 엊그제만 해도 안국동 별채에서 축배를 들었든 남여진 사장이었는데 그 어느 때보다 행복했고 즐거워 보였던 남여진 사장이었는데….

'봄' 호를 발간한 축제 분위기는 그 어느 때보다도 남여진 사장을 돋보이게 했고 절대 출간하지 못한다는 소문을 잠재우듯 '봄' 호를 발간하고는 의기양양했었는데 그랬든 남여진 사장이 죽었다니? 이게 말이 되는 소리인가? 이게 대체 무슨 일이냐는 말이다. "이럴수가?" 놀라움을 억제하지 못하고 중얼거린 순간 전화는 끊겼다. 강서혁은 한참을 멍하니 서 있었다. 온몸이 부르르 떨리는 충격이었다.

강서혁은 일흔을 넘긴 나이답지 않게 몸을 재빠르게 움직였지만 엷은 잠바를 걸치고 집을 나서는데도 두 다리는 여전히 후들거렸다. 강서혁은 그가 알고 있는 사람들에게 일일이 전화를 했고 남여진 사장의 타계를 알렸다. 너무 갑작스러운 남여진 사장의 타계에 놀라고 충격받는 사람은 한두 사람이 아니었다. 남여진 사장이 안치되어있다는 병원에 도착했을 때에는 벌써부터 부고 소식을 받고 온 사람들로 붐비고 있었다. 특히 작가회 회원들이며 각처에서 온 문인들의 표정은 한결같이 얼이 빠져있었다.

많은 문인이 모여 있는 곳에서 남여진 사장이 보이지 않는 것이 생소했고 남여진 사장은 없는데 남여진 사장의 사진에 검은 띠가 가려져 있다는 게 믿어지지 않는 상황이었다. 검은 띠에 갇힌 듯한 남여진 사장의 사진이 강서혁을 바라보고 있었다. 평소 때 모습으로…. 무던한 눈빛만으로…. "사장님!" 강서혁은 울컥한 목소리로 사장을 부르며 빈소 앞에 털썩 주저앉으며 솟구쳐 오르는 눈물이

걷잡을 수 없이 흘러내렸고 가슴은 애통한 마음으로 끓어올랐다.

향 하나를 피워놓고 돌아서려니까 몸이 휘청거렸다. 남여진 사장은 아까운 사람이었다. 누구나 탐낼만한 사람이었다. '출판업계의 별이다'라고 할 만큼 빛났던 사람이었다. 벼랑 끝으로 내몰리고 있는 출판업계에서 무너지지 않으려고 무던히 몸부림쳐왔던 사람이었다. 사계절 계간지를 펼쳐낸다는 것이 얼마나 어렵고 힘든 작업이었는지 알 만한 사람은 다 알고 있다, 그렇게 어렵고 힘든 작업에 매달리면서도 자금난으로 허덕여야했던 남여진 사장. 대체 출판 사업이 무엇이었기에 그렇게 힘든 상황에서도 손을 놓지 못했을까?

남여진 사장과 동고동락했든 유한구 작가회 회장만치는 아니었지만, 자금난으로 허덕이는 남여진 사장을 지켜보면서 소리 없이 응원해왔던 강서혁은 남여진 사장의 타계를 믿을 수 없는 듯 고개를 흔들었다. 순간 강서혁의 머릿속으로 번개같이 스쳐 가는 게 있었다. 남여진 사장의 죽음이 너무 갑작스럽다는 것에 대한 의문이 강하게 스쳐 갔던 것이다.

강서혁은 미망인 손 여사 앞으로 다가갔다. "여사님 대체 어떻게 된 일입니까?" "저도 잘 모르겠습니다…." 손 여사는 말끝을 흐려버렸다. 손 여사의 놀라움이 오죽했을까? 생떼 같은 사실에 충격이 얼마나 컸을까? 뭐니뭐니해도 손 여사의 충격만 할까 싶었다. 그러나 이대로 인정하고 덮어두기에는 남겨진 사장의 죽음은 너무 갑작스러웠다.

강서혁은 망설일 수가 없었다. 손 여사의 앞으로 바짝 달아서며 물었다. "아닙니다. 이대로 사장님의 죽음을 덮을 수는 없습니다. 어떻게 된 영문인지 알아야 할 것 아닙니까? 이렇게 갑작스럽게 가셨는데…" "어제 저녁 때였지요…. 집을 나섰던게." "저녁때에 집을 나섰다고요?" "예, 어딜 가시냐고 물었더니 유한구 회장이 식사나 함께하자고 전화를 했다는 말만 했습니다. 그게 마지막 말씀이었고요…." "유한구 회장님의 전화를 받고 나가셨다고요? 유한구 회장님이 사장님에게 식사 대접을 하겠다고 전화를 했단 말이지요." 강서혁은 의문스런 대목이다 생각했다. 유한구 회장은 짠돌이로 소문난 사람이다. 물론 경제적으로 여유가 없어 그렇다고 하겠지만 누구한테 식사 대접하는 예가 없는 유한구 회장이었다.

그런 유한구 회장이 남겨진 사장에게 식사 대접을 하겠다고 전화를 했다니? 평소 때의 유한구 회장을 생각한다면 도저히 납득이 안가는 부분이었다. 강서혁은 의문을 품은 채 또 한 번 물었다. 확인이라도 하듯이. "유한구 회장이 사장님께 식사 대접을 하겠다고 전화를 했다니?" '봄' 호가 출간된 지도 며칠 되지 않은 시기에 말이다. 당분간은 서로 만날 급한 일도 없었을 텐데…. 강서혁은 고개를 갸우뚱거렸다. 그리고 날카롭게 질문 공세에 들어가는 강서혁이었다. "유한구 회장님과 식사는 했답니까?" "모르겠습니다. 자세히 묻지도 못했습니다. 그런데 이상한 건…." "이상했다니요? 뭐가 말입니까?" "저녁 해거름에 나가셨는데 유한구 회장님과 만나기로 한 식당에 온건 저녁 아홉 시가 넘은 시간이었답니다." "저녁녘이면 여섯 시 전후였을 텐데 여섯시 전후에 집을 나섰든 사장님이 아홉 시가 넘어서야 식당에 도착했다니? 대체 그 시간 동안 누굴 만났다는 말씀입니까?" "만난 분도 없는 것 같았습니다…" 손여사의 말을 듣는 순간 강서혁은 남여진 사장의 죽음에 어떤 의혹이 있다는 걸 확실하게 느꼈다. "만난 사람도 없이 세 시간이나 지체하고서야 유한구 회장님과의 약속했던 식당에 나타나셨다는 말씀이군요." "그런데 유한구 회장님 말씀으로는 약속된 식당에 나타나신 사장님이 무척 취해있었다고 했어요!" "아닙니다. 그럴 리가 없지요. '봄' 호가 출간되기 전이라면 그렇게 생각할 수가 있겠지요. 책이 발간하지 못하는 안타까움과 절망감으로 자포자기할 수도 있었을 테고 정신없이 술을 마실 수도 있겠다 싶겠지요. 그러나 아닙니다. 남여진 사장님은 술을 마실 아무 이유가 없었습니다. 더군다나 식사를 같이 할 사람이 기다리고 있는데 그 식당에 가고 있는 도중에 술을 마셨다니 그게 말이 됩니까?" 강서혁의 목소리는 어느새 흥분되어 있었다. 남여진 사장의 죽음에 의아심을 품고 캐묻는 질문 속에서 이해할 수 없는 부분이 감지되었기 때문이었다.

저녁 식사 약속을 하고 식당으로 가는 도중에 술을 마셨다니? 그것도 세 시간이나 소비하고 늦추면서까지 술을 마셨다니? 그건

상식적으로 도저히 납득이 가지 않는 부분이었다. 그때였다. 침통한 얼굴로 다가온 유한구 회장. 유한구 회장은 노골적으로 눈살을 찌푸리며 강서혁에게 따질 듯이 물었다. "그럼 내가 거짓말이라도 했다는 말입니까?" 성급한 유한구였다. 그를 의심하는 듯한 강서혁의 말에 발끈해서 다가왔고 시비조로 물었다. 강서혁은 일이 심상치 않음을 느끼며 빈소 앞을 떠나려 했다.

"고인 앞에서 이게 무슨 추태입니까? 잠시 밖으로 나오십시오." 남여진 사장의 죽음에 의혹을 품기 시작한 강서혁은 무서울 게 없었다. 빠른 걸음으로 빈소를 떠났고 병원 앞뜰까지 왔었다. 그리고 긴 나무의자에 털썩 주저앉으며 담배를 꺼냈다. 담배를 피우기만 하면 아내의 신경질적인 반응에 담배를 편하게 피울 수는 없었지만 지니고 다는 것만으로 만족했었든 강서혁이었다. 그러나 이 순간에는 담배 한 대라도 태우지 않으면 도저히 배겨낼 수가 없었다. 담배를 입에 물었다. 라이터를 켜고 불을 붙이는 순간 "내가 거짓말을 하고 있다는 겁니까?" 급한 성질을 억누르지 못하고 발끈해서 대들 듯이 하고 있는 유한구를 강서혁은 지그시 바라보았다. "유 회장님이 거짓말을 하신 거라고 단정하는 게 아니라 지금 상황으로서 그렇다고 생각이 든다는 겁니다. 생각해 보십시오. 유 회장님과 저녁 약속을 하고 식당으로 가시는 중인데 사장님이 다른 곳에서 혼자 술을 마셨다는 게 납득될 일은 아니지 않습니까?" "납득이 되고 안 되고는 마음대로 생각하십시오. 남 사장님은 제가 전화한 시간 후 세 시간이나 지나서야 식당에 오신 건 확실합니다. 그건 식당주인이 증명해줄 수 있는 부분이고요. 그리고 술에 취한 듯 흐느적거렸는데도 식당에 들어서자마자 술부터 찾으셨습니다. 그것도 조용하게 청한 게 아니라 고함을 지르면서 말입니다. 어쨌든 평소 때의 사장님 모습은 아니었습니다. 행패를 부리듯 고함을 치는 바람에 식당 아주머니가 소주병 한 병을 가져왔고 사장님은 병을 딴 순간 물 마시듯 들어 마셨습니다. 말릴 틈도 없이 말입니다. 그리고 식탁에 바로 쓰러지셨고 제가 봉달근 편집장에게 전화를 했고…" "모든 게 유 회장님의 일관적인 내용이군요." 강서혁의 의미 있는 말투에 유한구는 발끈했다. 그리고 소리쳤다. "내 말이 거짓말이라고 생각한다면, 아니 내가 의심스럽다고 생각한다면 사장님을 해부라도 해보시든지!" "해부?" 유한구의 그 말에 강서혁은 잠시 생각을 했다. 해부? 해부라는 단어가 끔찍스럽긴 했지만 그렇게 할 수도 있다는 생각이 들었다. 강서혁은 단호하게 말했다. "유족들이 원하신다면요!" "…" 어느새 강서혁과 유한구 회장의 주위에는 많은 사람이 모여들었다. 그리고 사람들은 "해부"라는 끔찍스런 단어에도 동요하는 내색 없이 아니 오히려 그럴 수 있으면 그렇게 하자는 뜻으로 고개를 끄덕대고 있었다. 그만큼 남겨진 사장의 갑작스러운 죽음이 충격이었던 사람들이었다.

남 사장의 죽음에 의혹을 품은 사람들에 의해서 남 사장의 시체를 해부하기로 결정이 났다. 물론 미망인 손 여사와 유족들의 승

낙 하에서 해부 결정이 난 것이다. 사인이 밝혀졌다. 놀랍게도 사인은 수면제 과다복용이었다. 유한구가 사장님이 술에 취했다고 단정했던 이유는 남여진 사장은 유한구 회장님과의 약속장소를 오면서 약국마다 들렀고, 들린 약국에서 수면제를 사서 모은 것이다. 그리고 한 알 한 알 입에 넣으면서 유한구 회장과 약속한 식당으로 향했던 것이다.

남여진 사장의 갑작스러운 죽음에 대한 의혹은 그렇게 풀렸다. 그러나 남여진 사장이 수면제를 과다복용하면서 죽어야 했던 이유는 아무도 알 수가 없었다. 힘들고 어려운 고비를 넘기면서도 출판사에 대한 애착과 열정으로 손을 놓지 못했던 남여진 사장이 '봄' 호 출간 후 자살을 기도해야 했을 이유를 아는 사람은 아무도 없었다.

남여진 사장님의 장례식이 끝나고 며칠이 지났을 때였다. 미망인 손 여사가 강서혁을 찾아왔다. 그리고 작은 메모지를 건넸다. 작은 메모지였지만 정성으로 쓰여진 글귀임이 느껴졌다.
'글맞이 출판사의 모든 권한과 글맞이 출판사 인수권은 서민아 시인에게 위임한다.'

남여진 사장은 서민아 시인이 남편을 데리고 식당 별채에서 나가는 순간 이미 그렇게 결정을 했는지 모른다. 비록 서민아 시인이 재치 있게 남편을 데리고 나갔지만 집에 도착했을 때에는 서민아 시인의 대범했던 행동은 불안과 두려움이었을 거라는 것을…. 남여진 사장은 꿰뚫어 보았던 것이다. 엄청난 액수의 돈 행방을 남편에게 얼마나 추궁당할까 싶었다.

　서민아 시인을 남편의 끈질긴 추궁에서 건져줄 수 있는 일은 글맞이 출판사를 물려주는 일뿐이라는 것을…. 남여진 사장은 글맞이 출판사를 목숨으로 여기고 살았던 그 값어치를 그렇게 치루고 떠난 것이었다. 그러나 서민아 시인에게서는 꼼수는 없었다.

당산나무

"당산제堂山祭를 지내지 않응께, 당산 할아버지가 노해서 당산나무가 쓰러져 버렸제."

마을에서 95세로 가장 연장자인 이춘석 옹의 주장이었다. 30호(세대)가 사는 반촌마을 사람들이 수호신처럼 믿고 살아온 800여 년 수령의 팽나무가 어느 날 밤에 갑자기 쓰러졌다. 그동안 사라호 태풍 등 많은 태풍을 견뎌온 당산나무라 불리는 팽나무는 태풍도 아닌 여느 바람에 힘없이 쓰러져버린 것이다. 놀라운 일이었다. 비록 오래된 나무였지만 외형상 몸체에 큰 상처가 있는 것도 아니었다.

시골 마을에 가면 마을마다 느티나무나 팽나무 등 오래된 고목나무가 있지만 반촌마을의 팽나무는 어른 서너 명이 팔을 벌려 둘러야 닿을 만큼 곧고 우람한 몸체에 달처럼 둥근 전체 가지 모양이 튼실하고 보기가 좋았다. 동네 모정을 발아래 두고 마을 전체를 안고 있는 모양이어서 마을이 한결 돋보였다. 그런 팽나무가 어느 날 밤 우지끈 쿠당탕 소리를 내고 쓰러지자 마을 사람들은 경악과 함께 그 이유를 두고 말들이 많았다.

"쓰러질 때가 되었제, 나이가 800살이나 되었응께."

"아녀, 다른 동네 당산나무들이 건재한 걸 보면 무슨 사단이 있는 게 분명혀."

마을 사람들마다 아쉬움과 함께 그 이유를 저마다 한 마디씩 거들었지만 확실한 이유는 알 수는 없었다. 그런데 이춘석 옹의 발언으로 동네에서는 의견이 분분했고, 교회에 다니는 63세의 이장 김득만 씨와 다른 사람들 사이에 논쟁이 끊이지를 않았다. 특히 일년여 전 귀농歸農한 박재훈이 참여하면서 논쟁은 사뭇 진지하여 동네 사람들의 관심이 집중되었다. 이 옹의 말에 동조하는 측은 동네에서 교회 다니는 사람들 때문에 매년 지내던 당산제를 지내지 않아 당산 할아버지가 노했다는 말을 수긍했으나 이장처럼 교회를 다니는 사람들은 미신 같은 소리라며 그들의 말을 일축했다.

서울에서 살다가 귀농한 박재훈은 서울에서 고등학교 교사와 교장을 역임하고 정년퇴직한 교육자 출신인데 처음에는 중간입장이었다. 그러나 그가 귀농한 직후 당산제를 다시 지내자고 제의한 사람이었고 전통 민속놀이도 재현하려 했으므로 당산나무에 대한 논쟁에서 당산제 영향이라는 쪽으로 힘을 보태는 결과가 되었다. 마을회관에서 쓰러진 당산나무 처리에 대한 대책을 논의할 때도 교회 다니는 쪽에 불리하게 작용했다. 선조 때부터 지내온 당산제를 갑자기 중지한 것은 아무리 현대사회가 되었다 해도 문제가 있다고 발언한 것이다.

한편 마을에서 다수를 차지하는 XX 박씨 집안일가 중에서도 당

산제 반대는 물론 매년 조상에게 드리는 시제(時祭, 문중의 합동 제사)에
도 교회를 핑계로 참석하지 않는 일가가 있었다. 그중에서도 집안
제사와 시제에 적극적이던 박재훈의 가까운 사촌 형도 교회를 다
니더니 시제는 물론 집안 제사마저 거부한다고 했다. 재훈에게는
충격이었다. 그는 큰댁인 백부(큰아버지)의 장남으로 재훈네 가까운
조상의 제사를 모시던 분이기 때문이었다. 결국 그의 동생이 제사
를 맡아 지낸다고 한다. 형제간에 불화가 발생할 수밖에 없었다.
재훈은 기독교를 부정하지는 않지만 전통적으로 지켜오는 제사나
시제는 문중의 중요한 행사로 생각했다. 그것은 동네 아래쪽에 있
는 XX 박씨 문중 제각祭閣이 지방 문화재로 지정될 정도로 명문거
족名門巨族이라는 자부심으로 살아온 집안 내력 때문이었다. 종교를
이유로 조상의 제사나 시제를 거부하는 것은 그로서는 용납할 수
없었다.

"자네가 몰라서 그러네, 하나님이 자신 외에 다른 신을 섬기지
말라고 했단 말이여, 성경에도 쓰여 있고 목사님도 그렇게 말씀 하
셨어."
제사를 거부한다는 사촌 형에게 재훈이 잘못이라고 지적하자,
사촌 형은 오히려 재훈에게 제사의 불가함을 종교적으로 가르치려
는 듯이 장황하게 설명했다. 사촌 형과는 여간해서는 대화가 되지
않을 것 같았다. 사실 재훈도 서울에 있을 때는 개신교 교회에 출
석했었다. 자의라기보다는 아내의 권유 때문이었는데, 교회가 보수

성향 교회이어서인지 그의 아내도 목사의 말을 듣고 명절에 부모에게 드리는 차례와 제사를 갑자기 지내지 말자고 하였다. 재훈은 조상에게 제사를 지내는 것은 우리 가문의 전통인 추모행사이지 조상을 신으로 모시는 것이 아니라고 설명했으나 아내는 동의하지 않았다. 결국 그런 문제로 부부갈등이 심화 되었고 결국 귀향歸鄕을 결심하게 된 동기가 되었던 것이다. 재훈의 갑작스러운 귀향결심에 아내는 처음에는 당황하고 반대했으나 동향이어서인지 결국에는 동의하게 되었다. 자식들은 다 출가하여 분가한 터라 어려움은 없었다. 고향에 와서도 농사를 짓지 않아도 먹고 살 만큼 연금도 나왔다. 그러나 취미로 작은 과수원을 구입하여 가꾸며 살게 되었다. 아내도 농촌 출신이어서 적응하는데 어렵지 않았다. 그러나 아내는 서울에서 다니던 교회를 떠나는 것은 몹시 섭섭해 하였다. 고향에 와서도 건너 마을에 있는 교회를 몇 번 출석했으나 서울에서처럼 열성적이지는 않았다.

재훈이 태어나고 자란 반촌마을은 원래는 60호가 넘는 큰 마을이었다. 특히 마을은 XX 박씨가 50여 호 살던 XX 박씨 집성촌이었다. 지금은 이농移農으로 30호가 살고 있지만 아직도 25호가 박씨들이 살고 있고 비어있는 집들도 많았다. 기록에 의하면 반촌마을은 백제시대부터 있었던 오래된 마을로 근처에 역사적 유물(고려장 등)과 유적을 상징하는 명칭들이 많이 남아 있다. 인구는 60여명으로 대부분 70대 노인들이 많고 80대부터 90대가 일부를 차지하고 있었다. 재훈은 이 마을에서 태어나 고등학교를 다닐 때까지 살았다. 대학부터는 서울에서 살아서 서울에서 살았던 기간이 고향에서보다 세배나 더 길었다. 그래도 항상 고향에 대한 생각을 하며 살았고 결국 귀농 명목으로 고향에 돌아온 것이었다. 다행히 고향에는 몇 명의 친구들이 고향을 지키고 있었고 동년배 친지들도 여럿이 있어서 옛정은 그대로였다. 주거생활도 상수도는 물론 하수처리도 잘 되어있어 서울의 아파트와 같은 실내시설을 갖출 수 있었다.

그가 귀향하고 수개월을 지내면서 느낀 아쉬움은 젊은 시절 살 때와 달라진 시골생활 풍습이었다. 우선 60년대 고향 마을에는 가축들이 많았다. 집집마다 소나 돼지를 길렀고 닭들은 가두지 않고 놓아 길러서 고샅에는 닭들이 많았다. 여러 집의 닭들이 섞여 살았다. 수컷들은 옆집 수닭들과 싸우며 놀다가 해가 기울면 신기하게도 자기 집들의 홰를 찾아들었다. 그런데 지금은 그런 가축들이 보이지 않았다. 귀찮아 기르지 않는다고 한다. 심지어 텃밭에 그렇게 넘쳐 나던 푸성귀들도 많지 않았다. 생활이 나아지고 도시의 시내버스가 두 시간마다 마을마다 훑고 다니니까 시내에 가서 사다 먹는다고 한다. 옛날 고향 동네가 아니었다.

아내는 달라진 고향 생활과 환경에 만족하는 눈치였다. 우선 조용하고 맑은 공기가 마음에 든다고 하였다. 동네 여인들과도 쉽게 어울리고 시내로 장 보러 다니는 것도 자연스러워졌다. 예전에는 마을 사람들이 들일이 끝나면 사랑방에 모여 환담을 나누거나 윷놀이도 했는데 지금은 각자 집에서 텔레비전을 보거나 마을회관에서 종종 회식을 하고, 노래방기기가 있어 노래자랑도 했다. 오히려 도시보다 오락시간이 많아졌다.

　재훈은 타관에서 교직 생활을 오래 하고 정년퇴직한 터라 옛날 어린 시절에 경험했던 고향 마을의 전통문화가 그리웠다. 우선 명절이 되면 동네에서 하던 농악놀이와 줄다리기 윷놀이 그리고 당산제가 떠올랐다. 농악놀이는 농악기기는 아직도 보존하고 있지만 같이 할 수 있는 사람이 없었다. 재훈은 장구는 할 수 있는데 다른 악기를 다루던 사람들이 도시에 살거나 작고하여 팀을 이룰 수 없어 안타까웠다. 그래서 재훈은 동네 친구들과 함께 우선 사라진 당산제를 다시 지내자고 제안했다. 당산제를 지내지 않은 지가 20년 정도 되었다고 한다. 이유는 건너마을에 교회가 다시 들어서면서 교회 다니는 가정에서 반대하기 때문이었다. 교인들이 우상숭배라면서 적극 말렸다고 한다. 거기에 동조한 김득만이 이장이 되면서 당산제는 지낼 수 없었다.

　당산제는 위 마을 당산나무에 매년 음력 정월에 지내는 제사였다. 제삿날을 택일하고 제사를 맡아 지낼 집례자(執禮者, 제사 지내는 사람)를 정하면 그는 한 달 동안 궂은 장소(상가집 등)는 가지 않고 몸가짐을 깨끗이 하고 당산나무에 제사를 지내는 게 전통이었다. 뿐만 아니라 한 달 전부터 마을 어귀에 인줄(세끼 줄로 외부인 출입금지 표시)을 쳐서 외부인들 출입도 막았다. 제사 전에 동네 사람들이 농악을 하며 집집마다 방문, 쌀을 거둬 제사 비용으로 사용했다. 그런 행사도 지금은 택시 등 차들이 수시로 동네를 들락거리니 옛날처럼 외부인 출입금지는 어려울 터였다. 그래도 제사를 올리는 일은 가능한 일이었다.

재훈의 당산제 제안을 마을회관에서 들은 이장 득만 씨는 무슨 전설 따라 삼천리를 하자는 것이냐? 는 표정으로 일언지하에 안 된다고 거절했다.

"재훈 형님은 서울에서 교장선생님도 하셨는데 아직도 저런 샤머니즘을 버리지 않았당가요?"

득만이 웃으며 말했을 때 재훈은 정말 자기가 옛날 환상에 젖어 있는 사람인가 생각도 해봤다.

"글쎄 당산제를 샤머니즘이라고 할 수도 있지만, 우리 선대들이 전통적으로 이어온 고유문화라고 할 수도 있지 않겠어? 명절에 세배하고 윷놀이도 하고 그네타기도 하는 것처럼 전통문화라고 생각하고 재현하자는 것이네."

"형님 말씀도 일리가 있으나 세상이 변했당게요. 지금은 추석이 되어도 그네도 안타고, 윷놀이도 잘 안 해요. 더욱이 나무에다 제사 지내는 것을 외부에서 알면 미개인들이라 비웃을 것이 구만요"

그때 조용히 이장의 말을 듣고 있던 이 옹이 헛기침을 몇 번 한 후 입을 열었다.

"득만이 자네가 몰라서 하는 말이네, 지금 재 너머 향촌마을에서도 당산제 지낸단 말이여, 우리 동네가 왜 당산제를 지내지 않는지 자네가 알잔혀? 교회 땜시 그러는 줄 다 아는구먼."

"참 어르신 향촌마을서 지낸다고 우리도 지내야 한다는 법도 없고요, 꼭 교회 땜시 안 지내는 것도 아니랑게요. 세상이 변했어요."

그 말에 이 옹이 벌컥 화를 냈다.

"교회가 아니면 누가 왜 못 지내게 혔는지, 그럼 자네가 이실직고 以實直告 혀봐, 그 목사 놈이 못 지내게 했다는 말 내가 다 들었당께."

험악해지는 대화 분위기를 완화하기 위해 다시 재훈이 나서야 했다.

"어르신 진정하시고구요. 당산제는 누가 지내라 말라, 할 수 있는 것도 아닙니다. 동네에서 지내자고 합의가 되면 지내도 됩니다. 사실은 저와 저의 집사람도 서울에서 교회에 다녔습니다. 교회라고 다 제사를 못 지내게 하지 않습니다. 제사를 허용하는 교회도 있어요. 여러분들이 지내자고 결정하면 제가 목사님을 한번 만나보겠습니다."

재훈의 말에 논란은 진정되었지만 득만은 불만이 많은 듯 나중에 재훈네 집으로 찾아뵙겠다고 했다.

다음날 재훈의 집으로 찾아온 이장은 일반 가정의 제사는 모르지만 당산제는 자기 개인 의사로서도 용납할 수 없다고 했다. 만약 당산제를 지낸다는 소문이 면내에 돌면 반촌마을이 웃음거리가 될 것이라고 했다. 그만큼 세상이 변했다는 것이었다. 그러면서 달나라에 가는 세상에 나무에 제사 지내자고 하느냐며 재훈을 다그치는 것이었다. 재훈도 이장의 말을 이해 못 하는 것은 아니었다. 한편 팽나무인 고목을 당산나무라고 하며 제사를 지내는 것은 우상승배라고 해도 반박할 말이 궁색했다. 다만 재훈은 나무에 신이 있어 제사를 지내는 것은 아니고, 오랫동안 전해 내려오는 마을의 전통문화라고 생각하고 마을 사람들이 옛날처럼 함께 모이는 행사로 재현을 해보려 했던 것이었다. 결국 재현은 당산제를 포기할 수밖에 없었다. 그런데 재훈은 당산제보다 더욱 심각한 집안의 종교 갈등을 직접 확인하게 되었다.

XX 박씨 문중 시제를 제각에서 모시는 날이었다. 하루 전부터 남자들은 시내 장에 가서 제사용 제물祭物을 사오고 아낙들은 하루종일 제사음식을 장만하였다. 그리고 다음 날 제각에서 제사를 모시려고 일가들이 다 모였는데 말로만 듣던 종손의 동생과 재훈의 사촌 형도 참석하지 않았다. 재훈은 서울에서 직장 때문에 그동안 참석하지 못했고 귀향 후 오랜만에 참석하는 시제였다. 전체 박씨 집안 대종손인 조카의 말에 의하면 재훈의 사촌 형은 물론 자기의 동생 내외도 교회에 다니면서부터 시제뿐만 아니라 자기 집에서 지내는 직계선조의 제사도 거부하고 참석하지 않는다고 했다. 그러면서 세상이 말세가 되려는지 교회 때문에 조상 대대로 이어온 전통이 위태롭다고 푸념하는 것이었다. 원래 입이 무거운 재훈의 사촌 동생은 심지어 자기 형은 인간도 아니라면서 막말을 했다.

"장남으로서 부모 제사도 지내지 않는 인간이 어디 인간이라고 할 수 있당가요. 금수나 다름없지요? 그래서 할 수 없이 제가 지내는구먼요."

재훈은 종교 때문에 시골까지 이런 갈등을 초래하고 있음에 놀라지 않을 수 없었다. 재훈은 그날 시제를 지내면서 다음날 교회를 찾아 목사를 면담하리라 다짐했다.

건너마을에 있는 교회는 송암교회로 재훈의 외가가 있는 마을이었다. 1946년에 군산에 있는 교회에서 선교 차원으로 송암마을에 처음 교회를 열었다. 마을의 초가집 한옥을 개조하여 시작했고 송암마을에 사는 몇 가호만 교회를 다녔다. 반촌마을에서 그 교회에 다니는 사람은 없었다. 당시 반촌마을에는 절에 다니는 불교 신도와 강일순의 증산도를 신봉하는 몇 가호가 있었고 거의 유교문화권이었다. 기독교는 외국종교라고 하여 관심도 없었다. 그렇게 살던 중 6.25 전쟁이 발발하고 인민군이 파죽지세로 몰고 내려왔다. 전쟁 전에도 반촌마을은 물론 주변 마을에서 고창 읍내의 명문중학교를 다닌 몇 사람이 공산주의이론에 심취하여 소위 좌익이라고 불리며 공산주의운동을 한 사람들이 있었다고 했으나 재훈은 어려서 잘 몰랐다.

인민공화국이라는 새로운 정부가 탄생하고 면에도 좌익계 사람이 면장을 하며 환경이 달라졌다. 그러더니 어느 날부터 갑자기 낯선 사람들이 나타나더니 사람들을 잡아다가 학살하기 시작했다. 나중에는 한동네 사람과 옆 동네 사람들도 사상적 성향이 다르다는 이유로 학살하는 것을 목격하게 되었다.

그렇게 공포 분위기에서 살던 어느 날 밤이었다. 달도 없이 캄캄한 밤인데 조그만 산등성이 너머의 송암마을에서 시뻘건 불길이 솟아올랐다. 그리고 총소리도 몇 번 들렸고 불길은 오랫동안 타오르고 있었다. 한참 후에야 부모님의 소곤거리는 소리가 들렸다. 송암마을의 교회를 인공 사람들이 불태우고 있다고 했다. 다음날 어른들이 공포에 질린 듯 말하는 소리도 들었다. 끔찍한 이야기였다. 송암마을에서 교회에 다니는 신도들을 목사가족과 함께 교회에 가두고 불을 질러 학살했다는 것이었다. 현장에는 그 동네 사람들은 물론 좌익사람들이 죽창을 들고 불길을 피해 뛰쳐나오는 사람들을 불길 속으로 밀어 넣어 학살했다고 한다.

전쟁과 함께 송암마을 교회는 교회를 다니던 신도들과 함께 불길 속으로 사라졌다. 재훈 모친은 자기 친정 사람들이 교회를 다니지 않는 것에 안도하며 가슴을 쓸어내렸다고 한다. 교회가 사라지고 난 후 아군이 진주하고 세월은 비극을 외면한 채 흘러갔다. 아군이 수복한 이후에도 한동안 교회는 다시 세워지지 않았다. 비극을 당한 교회 터는 비극의 자취만 남아 있었고 기독교는 얼씬도 하지 않았다. 그렇게 세월이 수십 년 흐른 어느 날 그 교회 터에 다시 교회를 세운다는 소식이 들렸다. 전쟁 때 학살당한 목사의 인척 한사람이 도시에서 돌아와 교회를 세우고 순직한 목사와 신도들을 위해 목회를 시작한다는 것이었다. 그 교회가 지금의 송암교회이다.

목사와 만나기로 약속하고 집을 나서는 재훈은 만감이 교차했다. 사실 재훈은 전에 한 번도 그 교회 터를 가본 적이 없었다. 비극적인 학살의 현장은 멀리서 바라봐도 두려웠다. 새로 지은 교회는 크지는 않지만 아담했다. 신도들이 없는 평일이라 목사 내외만 있었다. 목사는 60대쯤 되어 보이는 수더분한 옷차림으로 미소를 지으면서 재훈을 맞이했다. 목사는 시골 교회라 누추하다면서 예수의 동상이 있는 교회당 안으로 재훈을 안내했다. 자리에 마주 앉자 그는 고개를 숙여 잠시 기도를 했다. 그리고 고개를 들면서, 사모님을 뵈었고 선생님에 대한 이야기를 들었노라고 했다. 아마 몇 번 교회를 찾은 아내가 재훈 이야기를 한 것이리라. 목사는 재훈이 자기를 만나자고 한 이유를 알고 있다는 듯이 먼저 말문을 열었다.

"도시교회를 보시다가 시골 교회를 보시니 감회가 다르시지요? 저는 일반교회와는 다른 사명감으로 이 교회에서 목회를 하고 있습니다."

재훈은 송암교회의 비극적인 역사를 알고 있으므로 목사의 말이 가슴 아프게 다가왔다.

"제가 어렸을 때였지만 불행한 역사를 들어 기억하고 있습니다. 위로의 말씀을 드립니다."

"아닙니다. 종교에는 순교의 역사도 있으니까요. 예수님도 십자가에서 죽지 않았습니까? 박해한 자들을 용서하면서 말입니다. 저도 당시 순교하신 분들을 대신하여 그들을 용서했습니다."

기도하는 듯 조용하게 말하는 목사의 시선에서 용서를 느낄 수 있었다.

재훈은 화제를 바꿔 찾아온 목적인 본론으로 들어가는 말을 꺼내기가 어려웠다. 그러나 현실의 쟁점인 개신교와 박 씨 가문의 전통 제사 문화와 갈등을 타결하려면 논의가 중요하므로 재훈이 먼저 말문을 열었다.

"목사님, 어떻습니까? 이런 벽촌에서는 기독교와 유교문화가 상충되는 일이 도시보다 많지요? 목사님의 견해를 듣고 싶어 뵙자고 했습니다. 우리 마을에는 XX 박씨 가문의 전통을 유지하는 제각이 있습니다. 그 제각은 지방 문화재로 지정되어 있지요. 우리 문중에서는 그 제각에서 매년 시제를 모시고, 향교에서는 외부 유림들이 와서 연례적으로 제사를 모십니다. 목사님의 견해로는 제사를 어떻게 생각하십니까?"

단도직입적인 재훈의 질문에 목사의 얼굴에서 잠시 곤혹스러운 표정이 스쳐갔다. 그러나 곧 재훈의 얼굴을 바라보며 담담하게 말했다

"우리 전통문화 중요하지요. 민족의 정체성이기도 하니까요. 제사 문제는 교회에서 성경 말씀 때문인데 곧 하나님의 말씀이므로 견해 차이가 있을 수 있습니다. 교회에서 제사를 지내지 말라고 하는 것은 내 앞에 다른 신을 두지 말라는 성경 말씀을 신도들에게 전하기 때문입니다."

재훈도 가급적이면 부드러운 대화를 위해 말소리를 낮췄다.

"유교전통의 가정에서 한때는 조상신祖上神이라는 관념으로 제사를 드렸던 때가 있었습니다. 그러나 문화가 발전한 현대에 와서는 조상신이라는 관념은 많이 바뀌었습니다. 제사는 자손들로서 조

상의 기일忌日을 맞아 추모하는 행사로 이해를 해주셔야 합니다."

"저의 교회에서도 교인이 아닌 사람들이 조상에게 제사를 드리는 것을 반대하지는 않습니다. 마찬가지로 저는 사람들이 다른 종교를 갖는 것도 반대하지 않습니다. 다만 저의 교회 신도들에게는 성경의 말씀을 지키도록 권유합니다."

"목사님은 종교관이 진보적이시군요. 개신교 중에서도 어떤 교단에서는 조상에 드리는 제사를 허용하고 있습니다. 기독교장로회 서울 장충동 KD 교회에서는 소책자까지 발행하여 제사에 각각 참고하도록 하고 있습니다. 내용을 보면 제사를 지내던, 안 지내던 신도들의 판단에 맡기고 있습니다."

목사는 잠시 침묵을 하다가 다시 말했다.

"같은 개신교이지만 견해가 다른 경우인데 다른 교파의 판단을 제가 언급을 하는 것은 적절치 않다고 생각됩니다. 저희 교단도 나름대로 신념이 있으니까요."

"저희 문중에서 조상에 드리는 제사나 시제는 중요한 행사입니다. 그런데 교회에 출석하는 일부 일가들 때문에 다수의 일가가 걱정하고 오랫동안 이어오던 전통행사에 갈등이 있습니다. 종교문제로 집안이나 일가 사이에 불화가 발생하는 일은 종교의 본래 사명과도 다르다고 생각합니다. 아까 다른 교단의 판단에 대하여 언급하지 않겠다고 하셨는데, 어차피 믿음의 주체는 같은 여호와 하나님이십니다. 일가 화합 측면에서라도 재고하여 주시기 바랍니다. 전통을 중시하는 우리 가문을 생각하여 말씀드립니다."

"말씀을 이해합니다만, 종교는 법률이 아니니까 강제규정은 없습니다. 제가 이야기하면 신도들이 판단하여 결정합니다."

"신도들이 종교 교리를 이해하는 것은 목사님과는 다릅니다. 이를테면 목사님의 말씀을 하나님의 말씀으로 이해하는 신도들이 많을 터이니까요."

"그럴 수도 있겠지요. 그래서 저는 성경 속의 사실관계만 말합니다. 솔직히 말씀드리면 목사인 저도 전통문화와 종교의 괴리된 점에 대한 질문을 받고 곤혹스러울 때가 많습니다. 오늘 선생님의 말씀을 듣고 보니 목회자로서 느낀 점이 많았습니다. 앞으로 신도들과 제사 문화에 대하여 대화를 해 보겠습니다."

"감사합니다. 저도 서울에 살 때 기독교식 제사를 지낸 적이 있습니다. 유교식으로 제상을 차리고 절은 하지 않고 기도를 했지요. 먼저 조상을 추모하게 해주신 하나님께 감사 기도하고 부모님에게도 기도했습니다. 제가 고향에 와 보니 교회에 다니는 친지들이 부모 제사나 시제에 참석도 하지 않아 일가 간 화목에도 문제가 많습니다. 전에는 없었던 일입니다. 이런 갈등을 교회가 바라는 것은 아니시리라 믿습니다."

"물론입니다. 종교 때문에 가족이나 친지 사이에 불화는 절대 안 되지요. 선생님말씀을 듣고 보니 생각보다 심각한 문제라는 것을 오늘 알았습니다. 제가 다음 설교 때 자세하게 설명드리겠습니다."

"정말 감사합니다."

본론을 마치자 목사는 그간 교회가 다시 어렵게 이곳으로 찾아온 내력 등의 설명을 했다. 목사는 대화를 마치고 일어서는 재훈의 손을 잡고 미소로 제안했다.

"선생님과 사모님께서도 주일에 송암교회에 나오시지요."

재훈은 목사의 말이 전도의 말이라기보다는 어떤 소망과 같은 느낌을 받았다.

"네, 노력하겠습니다. 제가 오늘 말씀드린 우리 가문과 교회의 갈등문제를 보고 결정하겠습니다."

"그렇게 하시지요. 이런 문제도 다 하나님이 풀어드릴 테니까요."

재훈은 다음의 결과를 기대하며 목사의 배웅을 뒤로 교회를 나왔다. 교회를 떠나면서 전쟁 때의 비극의 흔적은 물론 그런 기억도 떠오르지 않고 안온한 분위기의 교회가 재훈의 마음을 편하게 해주었다.

당산나무가 쓰러진 것은 재훈이 귀향하고 일 년이 가까워진 된 어느 날이었다. 재훈의 집에서는 당산나무가 있는 위 마을과 거리가 있어서 그런 일이 있었는지는 다음날이 되어서야 알았다. 당산나무 가까이 사는 마을 사람들의 말에 의하면 한밤중인데 새벽 두시 쯤 갑자기 모정 쪽에서 우르르 쿠당탕하는 굉음과 함께 방바닥 울림을 느끼고 놀라 잠에서 깨어났다고 한다. 그날 밤은 구름도 없고 별이 총총했다. 바람만 조금 강하게 느껴졌다. 마치 천둥소리 같았는데 구름 한 점 없는 하늘에서 천둥 칠 리 없다고 생각한 몇몇 사람들이 손전등을 들고 모정 마당에 들어서며 경악했다. 그렇게 건강하고 커다란 팽나무가 쓰러져 남서쪽 텃밭에 누워 있었다.

"아니 세상에 이게 무신 일이래요, 당산나무가 쓰러져 뿌럿네, 잉."

"아이고 아이고 엄니, 이를 어쩐데여 우리 당산나무 쓰러졌네."

어느 아낙네는 너무 놀라 울음을 터트리기도 했다. 다행인지 나무가 모정 건물 쪽으로 쓰러지지 않아 모정 건물은 그대로 서 있었다. 그리고 모든 마을 사람들이 잠든 밤이라 인명 손상이 없었던 것도 다행이라면 다행이었다.

다음날 소식을 듣고 온 마을 사람들이 모정으로 모여들었다. 다들 처참한 당산나무 모습에 열린 입을 다물지 못했다. 눈물을 훔치는 사람들도 많았다. 다만 이옹만은 나무 등걸을 쓰다듬으며 한탄했다.

"당산제를 지내지 않은 탓이제. 잉, 다 이 늙은이의 과실이구먼, 내 탓이란 말이여, 당산 할아버지가 노해서 그런 것이여!"

이 옹은 나무 곁을 떠나지 못하고 나무 등걸을 어루만지고 있었다. 동네 사람들은 이 옹을 바라보면서 한탄만 했다. 재훈은 이 옹을 위로하려 했으나 아무 말도 할 수가 없었다. 너무나 갑작스런 사태에 망연자실할 뿐이었다. 태풍철인 8,9월도 아닌 5월은 큰바람도 없는 때였다. 그런데 저렇게 큰 나무가 쓰러진 것은 이변이라 하지 않을 수가 없었다.

쓰러진 나무를 동네 사람들의 의견을 모아 톱으로 잘라 정리하면서도 마을은 뒤숭숭한 분위기였다. 서로 말은 하지 않았지만 이

옹처럼 당산제를 지내지 않아 저런 일이 일어났다고 생각하는 사람들은 탄식했고, 교회에 다니는 사람들도 말은 안 해도 무슨 사연이 있는 것 아니냐고 하면서 걱정스러운 마음을 거두지 못했다.

그렇게 한해가 다 지나갔다. 재훈이 송암교회 목사를 만나고 난 후 다음 해 봄이 왔다. 음력 3월 3일 XX 박씨 시제를 위해 준비하는 날이었다. 박씨 집안 여인들은 제각에 모여 제사음식을 만드느라 부산했다. 그런데 교회 다니면서부터 시제준비 때 얼굴도 보이지 않던 재훈의 사촌 형수와 종손의 제수씨가 제각에 나타난 것이었다.

"얼래 얼래 웬 일이다냐? 하나님이 시제에 못 가게 했다는디 두 사람 다 나왔네 잉"

다른 일가 여인들이 반농, 반비웃음으로 그들을 맞았지만 그들은 들은 체도 안 했다.

"우리도 다 생각이 있응께, 걱정들일랑 말드라고."

그들은 말없이 더욱 열심히 제물을 장만하는데 도왔다. 뿐만이 아니었다. 다음날 시제에는 그동안 불참했던 종손의 아우와 재훈의 사촌 형도 제각에 나왔다.

"오메 해가 서쪽에서 뜰랑가보네 잉?" 종손이 반가운지 놀랍다는 말인지 한마디 했다. 그러자 재훈의 사촌 형이 미안하다는 표정이다.

"그간 미안했구만, 우리야 하나님이 시키는 대로 사는 사람들인께, 이해들 허소, 우리 조상님들도 하늘에서 하나님 뜻대로 사는 것 아닌가. 그리고 오늘 시제는 모시지만 절을 안 한다고 탓하지는 말더라고"

그 말에 종손이 웃으며 말을 받는다.

"아따 절할 사람 쐬앗(많이)응께 걱정하지 마시고 진설이나 잘 하시고 술이나 열심히 따르시오."

종손의 말에 모두들 웃음을 터트리며 진설을 시작하는 것이었다. 재훈이 나섰다.

"오늘 모처럼 시제에 다 모였으니 조상님들도 반가워하시겠습니다. 이제 지난 일은 잊고 서로 타박하지 맙시다. 문중의 전통도 지키는 것이 우리 후손들의 도리인 줄 알면 됩니다. 하나님도 이해하실 겁니다. 그리고 이장이 오늘 시내 장으로 팽나무 묘목苗木을 사러 갔으니 내일은 모두 모정으로 나와 같이 흙 한 삽이라도 보태어 식수를 합시다."

"암먼 그래야제 그래야 하고 말고."

모두들 찬성했다. 모처럼 그날 시제는 오랜만에 화기애애한 분위기였다.

다음날 모정에는 쓰러진 팽나무 자리를 말끔히 치우고 구덩이에 퇴비 등을 채운 후 흙을 덮고 이장이 새로 사온 팽나무 묘목 이식이 시작되었다. 3m남짓 되는 팽나무 묘목이었다. 이장이 묘목을 안고 오자, 이 옹이 나무를 구덩이에 넣기 전 묘목을 쓰다듬으면서 말했다.

"너는 어서 빨리 자라서 모진풍파 다 견디고 당산나무 새끼로서 천년을 살아라, 잉? 그리고 앞으로는 당산제 지내지 않는다고 섭섭하게 생각도 하지 말어, 세상이 변했응께 말여."

그렇게 말하며 이장을 흘끔 바라봤다. 이장은 이 옹의 시선을 받으며 민망한지 머리를 긁적거렸다.

그때 모정 쪽으로 초청하지도 않은 교회 목사가 올라오고 있었다. 재훈이 다가가 맞이했다. 목사는 팽나무 이식 장소로 다가가서 먼저 연장자인 이 옹에게 정중하게 인사를 했다. 이 옹도 엉거주춤 일어나 인사를 받으며 말했다.

"아따 목사님이 이런 곳에다 무신일이다요? 하눌님일 뗌시 바쁘실텐디?"

목사는 웃으며 이 옹과 마을 사람들을 향해 다시 고개 숙여 인사를 하고 말했다.

"나무도 하나의 생명체인데 수명이 있는 법입니다. 이제 당산나무가 천수天壽를 누리고 간 자리에 다른 자손이 뿌리를 내리는데 저도 와서 축하해 드려야지요."

그 말에 누군가가 박수를 치자 모두들 따라 박수를 쳤다. 고개를 끄덕이는 사람들도 있었다. 의문에 대한 답을 얻은 것이었다.

"목사님도 흙 한 삽 주시지요."

재훈의 말에 목사도 흔쾌히 승락했다.

"예 그러지요."

이장이 삽을 내밀자 목사는 흙을 크게 한 삽 떠서 어린 팽나무에 뿌려주었다. 그런 광경을 보며 재훈은 고개를 끄덕였다.

"그렇지 이 세상 만물에는 다 수명이 있는 법이었지, 우리 당산 나무도 800여 년 수명을 다 살고 간 거였어…"

다음 날 재훈은 아내와 함께 송암교회를 찾아가 신도로 등록하였다.

2015.10.2